Ludwig Weibel
Unter deines Seins Ägide
Sei Mein würdiger Gespan im Pläneschmieden

Books on Demand

Bibliographische Information der Deutschen National-bibliothek. Die Deutsche Nationalbibliothek verzeichnet diese Publikation in der deutschen Nationalbibliogra-phie, detaillierte bibliographische Daten sind im Internet über http://dnb.dnb.de abrufbar.

© 2015 Autor: Ludwig Weibel
Herstellung und Verlag:
BoD – Books on Demand, Norderstedt
ISBN 9783738617337

Ludwig Weibel

Unter deines Seins Ägide

Inhalt

Manufaktur des guten Willens
5

Gesten sprühender Natürlichkeit
33

Du wirst Meiner Gärten Zierde sein
61

Schöpferfreudigkeit und Qualität
83

Grund aller Gründe
109

Allumfassende Bewusstheit
135

Sagenhaftigkeit der Geisteshöhn
159

1
Manufaktur des guten Willens

1.1

Manufaktur des guten Willens sollst du sein, um Meinen vollumfänglich und geziemend zu erfüllen. Nur im zuverlässigen Zusammenspiel ist das zu wirken, was das Leben majestätisch, gottesebenbildlich und bewundernswert ediert. Ich mache Mir kein Hehl daraus, dass vieles noch im Argen liegt, was Ich in wunderbarer Folgerichtigkeit als genialen Wurf und Kraftakt konzipierte. Viel Schlendrian und Unbeholfenheit im menschlichen Betrieb muss überwunden werden, um dem Sein in ihm zum Durchbruch und zur Gottesglorie zu verhelfen.

In jedem Wesen tief verborgen liegt die Sehnsucht, besser und gewandter als vordem zu werden. Derweil Ich seinen Aufwall stütze und ihm Meiner Kräfte Brausen und Salut verleihe, muss es ihm gelingen, aus dem Mittelmässigen ins Paritätische mit Mir und Meinen Bürgen aufzusteigen. Gerade dazu feure Ich dich an im längelangen Sermon, den Ich dir verpasse und dich nicht in Ruhe lasse, bis ein fabelhaftes Resultat sich zeigt, als Krone allen Mühns und als Ursach wunderbarer Freudenzähren.

Ich will, dass du dir ein Prophet in eigner Sache und ein sakrosanktes Novum der Beharrlichkeit, der Gottesgüte und des Seinsvertrauens wirst, an dem gar viele sich erbauen und begeistern mögen. Nicht wirklich ist das Lahme, aber unbedingt das Feurige und Sonnenstrahlende, das Ich Mir Bin und das du in Mir, mit Mir und durch Meine Güte werden sollst in unnachahmlicher Erhabenheit und Himmelsgrazie von Meiner Kompetenz und richtungweisenden Allüre. Alles, was geschieht, geht dich zu allerinnerst an und soll die Kräfte wecken, die Ich in weisem Disponieren und Sinnieren einst in dich gelegt. Sie führen dich unweigerlich ins Absolute, das Ich Bin und lassen dich den Glanz und die Beschaffenheit des Ewigen erfahren. Nichts als Freude und Befrieden, Seelenseligkeit und Harmonie beherrscht die Szene, die Ich mit Geistesgegenwart und Klugheit, Spontaneität und kindlicher Wahrhaftigkeit belebe. Was gibt es da noch zu bedenken, wenn das göttlich Gute dir so nahe liegt, dass du's mit einem Schwick erfassen kannst voll Liebe zum Bewundernswerten und Gottseligen im gütestrahlenden Allhier.

1.2

Im Werke frei sollst du dich freier fühlen, als das Leben je sich dir vergab. Was macht dich ungebunden, wenn nicht Meines Mich-mit-dir-Verbindens Strahl? Was lässt dich mehr von aller Welt erkennen, als Mein Wort, dem Herzen zugetan.

So gibt es sich, dass dir die Träume eines Gottes offenbar und sichtig werden, der voll Nonchalance und Intellektum über seine Kräfte frohgemut verfügt. Daraus ersteht ein Werk von absoluter Folgerichtigkeit, an dem sich ganze Völkerscharen inniglich erlaben.

Was auf Mich zutrifft, trifft auch deines Seins Ägide und gewährt dir Schutz im Streite, Sagenhaftigkeit im Wirken und vollendete Geborgenheit im Ruhn. Es ehrt dich, wenn dir Meine Züge wohlbekannt und angemessen sind; dann kannst du dich in ihnen ungeniert, erfolgreich und rasant verbreiten.

Geistesabenteuerlich wird deines Seins Regie und Rahmen, Tracht und Tunlichkeit, sowie du, Meiner Abergründigkeit bewusst, zu Werke gehst. Denn im Erkennen Meines Über-dich-Verfügens lässest du dein Eignes los und gibst dich ganz in die erhabnen Spiele, die die Götter mit dir treiben. Volontär im All-Betrieb bist du geworden, Alumni in der Hochburg göttlicher Gewähr.

Was springt heraus aus deinen Erdentagen, wenn es nicht die Freundschaft und Verbindlichkeit mit Meinem Hause ist: Gar nichts von Bedeutung. Deine Taschen bleiben leer und deine Backen werden nichts zum Kauen haben, wenn du einst am blanken Tische sitzest, den du dir zum Aufenthalt erwählt. Meines Trachtens Elegie geht dahin, dich aus vollen Schalen und mit lieblichen Schalmeienklängen zu bedienen, wenn du nur die Gnade findest, dich um diese zu bemühn und dir zeitig ein bescheiden Bild zu konstruieren von der Herrlichkeit, die Meinem Sein und Sinnen innewohnt.

Hast du Anschluss, Absolution und Aufenthalt in Mir gefunden, trag Ich dein Empfinden himmelan und überlasse dich mit segnender Gebärde der Gottseligkeit in Meinen Runden, wie dem Herzensfrieden in der Wohlfahrt des Gewissens, die dich dann beseelt. Komm und sieh und staune dich in Mir begeistert an und konstatiere, dass dein Sein dem Meinen haargenau identisch ist: Ein Sein in allen Wesen, eine Unerschöpflichkeit in allem Wirken und dieselbe Wonne in der Sonnenkraft Elysiens, die alle gläubigen Gemüter lichtvoll überstrahlt.

1.3

Kannst du können ohne Mich in deinem Blickfeld und Kapitel zu gewahren? Niemals in der Art und Weise, wie die Göttlichen in ihrer Nonchalance und Fingerfertigkeit agieren. Es sollte dir längst klar geworden sein, wie viel Bewegtheit und Rumoren, Lebenstüchtigkeit, Prägnanz und Güte Ich in deinem All-Tag generiere, ohne Mich damit zu brüsten oder Gegenwerte zu verlangen. Nur das Eine stünde dir wohl an: Dass du dankbar bist für alle Gaben Meiner Huld und Satisfaktion der vielen Wünsche, die dir täglich auf dem Herzen liegen. Indessen: Wunschlos wärst du wahrhaft gross, denn was dir wirklich Not tut, hab Ich längst begriffen und somit gewähr Ich dir aus Meinem Überfluss gerade was dir zusteht, um dich glücklich, glaubhaft, heiter und solvent zu halten auf des Lebens vielverzweigten Spuren.

Warum nutzest du so wenig das erstaunenswerte Vorrecht, als Mein Sohn und Meine Tochter, Mein Geliebter und Galan zu gelten, mitten in der Wirrnis und Verschlagenheit der Weltenzeit, in die Ich Mich in dir geboren? Weil du dich zu wenig um die inneren Werte kümmerst, die du als ein göttlich Angebinde immerzu mit dir herumträgst, ohne sie so richtig zu gewahren. Dazu braucht es Mut, Geduld, gezielt heraufbeschworenen Herzensfrieden und Vertrauen in Mein Weltenbudget, das gerade dich, wie alle, tunlichst einbezieht in seine Zahlen.

Negiere nichts, was dir geschieht. Es soll dich stärken in der Gläubigkeit Mir gegenüber und dich wandeln lassen auf den grünen Wiesen der Holdseligkeit in Meinen Gärten, währenddem noch alles um dich brodelt, bangt und Lebensbitternis versprüht.

Das ist Mein Kommentar zu dem, was nötig ist, im Herzblut täglich auszutragen, um Gerechtigkeit zu üben und dem Wohl des Ganzen Gran um Gran hinzuzufügen. Klein bist du von Wuchs, doch grandios im Seinsbewusstsein, das Ich dir in väterlichem Weisesein bewusst gewähre. Denn als Mein Kind und Geisteserbe sollst du vor Mir her in alle Himmelsweiten gehn, die Ich dir feierlich eröffne, wenn du nur Meinem Können deines radikal hinzufügst und damit in deiner Welt den

Kreis vollendest, den Ich vor dir hochgezogen in allgöttlicher Manier.

Fördre, was du Bist und feire das Befreien, das von Himmelshöhn in deine Niederungen perlt, und du wirst Mir ein würdiger Gespan im Pläneschmieden und Verwirklichen allüberall im glückbegründenden Agieren.

1.4

Kapitän von eignen Gnaden sollst du werden mitten im Gewoge einer Welt von Selbstgefälligkeit und Unrast, Zielverlust und Zagen. Ich mach dir's nicht bequem, doch hältst du dich an Meine fabelhaft gesicherten Devisen, kann dir nichts Unbotmässiges geschehn. Mein Schutz und Schirm bewahrt dich vor dem schmählichen Versinken im gemeinen Wogenmeer der Ängste und verführerischen Angebote. Lästig sind sie noch, wie freche Fliegen, derweil du schon im sichern Port der Eigenständigkeit und des Vertrauens, der Geruhsamkeit und Heiterkeit gelandet bist. Doch lässest du die allerletzten Zweifel und Verluste hinter dir, indem du dich in konsequenter Stilgerechtigkeit zu Mir erhebst und Meinen lichterfüllten Seinsoasen.

Nicht das Drum und Dran ist dir dann wichtig, sondern Meiner Mitte starkgefühltes Wesen in des Lebens Trieb und Trikolore. Meiner Zugkraft inne, harmonierst du mit der Geistsubstanz in Götterreichen und gebierst in dir den Sinn für das Erhabene, das dich mit unerschütterlicher Grazie und Heilkraft in den Himmel der Gerechten führt, der deinem Hause königlich von Mir beschieden. Komm und kümmere dich intensiv um was du Bist in Mir und Meinem Status der Allherrlichkeit im überird'schen Mich-Begründen. Walle Mir getrost und sieggewiss entgegen im Erkennen Meiner Huld dir gegenüber, wie der heiligen Helle, die sich dir im Geistesschosse offenbart.

Furcht und Zagen sind dahin, wo immer Ich das Zepter führe. Einer Meisterleistung Signatur bekommst du unfehlbar zu spüren, wenn alle deine Pläne in die Meinen münden.

Mach es wie die Taube, liebevolle Seele, flieg ins Morgenlicht hinein, das Ich dir gütig offeriere. Sei und sei des Glückes Part im Rosengarten der Holdseligkeit, der Meinem Sein entspringt, der wahren Wirklichkeit geweiht im Wunderbaren.

1.5

In deinen Missverständnissen Bin Ich gewiss der Überlegene, weil Mir alles, was Wahrhaftigkeit und Güte ist, den Scheitel ziert im unendlich makellosen Klaren. Weshalb, um Gottes Willen, ist das so, scheint dein erschrockenes Gemüt zu fragen? Weil Ich in Meinem Sein die Weltenweisheit wunderbar in eins zusammenfasse, von der du mit dem besten Willen und Gewalten eben nur ein Quäntchen dir erhaschest. Deines Sinnens Zauberkraft ist eine additive Grösse, die nicht ohne Spekulieren auskommt in der kurzen Spanne ihres Währens. Mein Bewusstsein jedoch tritt als absolute Grösse auf den Plan und deutet alles, was da ist im götterlichten Zeitenlosen.

Wie ist es da für dich gegeben und gelegen, dass du deine besten Kräfte für die Pflege des erhabnen Bunds mit Mir verwendest. Denn nur darin bist du wahrhaft gross, dass dein Gewissen vollends in dem Meinen aufgeht in des Meditierens Blüte und bewundernswertem Sinnspiel über aller Erdenschwere.

Die Majuskel aller Werte Bin Ich in der Traulichkeit der Geistessphären, wie in den Begriffen, die Ich universenweit in Mein allgöttliches Gewissen präge. Bist du ganz Mein, gestaltet sich dein Sein genau in Meinem Sinne und erhebt sich seelenruhig und gelassen in die Sphären Meines Seinsgedankenspiels. Wo Ich mdich als Meines Seins glückseliger Gefährte, mustergültiger Erfüller und Gespan.

Vollkommen integriert bist du in die Geschichte Meines Werdens, Wirkens und Bestehns im Unergründlichen, aus dem sie sich verflutet und zu dem sie wieder heimkehrt, delikat und seinsbewusst, gottselig und manierlich, liebevoll und wahr.

1.6
Harmonia mundi in der Weltenmorgenfrüh, Gottseligkeit im Werden einer neu erwachten Seinsepoche Mir zu Füssen und dem Himmel rein und zärtlich zugetan. Was aus Meisterhand geboren, generiert Entzücken in den seinsbetrachtenden Gemütern und bezaubert alle Welt mit seiner Grazie, Natürlichkeit, Wertschöpfung und Serenität.

Mir selbst bewusst, erreiche Ich im Reichtum reiner Gnaden die Gottseligkeit, die Mir schon immer zustand in den Weiten Meines Seins und Sinnens, Meiner All-Bewusstheit, Sternenqualität und Wonne des glückseligen Begreifens.

Was klingt dir federleicht aus Meiner wohlgesitteten Schalmei entgegen? Eine Melodienflut von seinsvollendeter Gelöstheit, sakrosankter Innigkeit und zärtlichem Verschwenden liebestrahlender Gefühle. Kunstvoll und manierlich fliesst der, von Mir inszenierte, Evolutionenstrom an Mir vorüber und verliert sich fernhin in allmächtigen Mäandern, im Mysterium das Ich Mir selber Bin seit Ewigkeiten.

Im Geisteslichte wohnend, seh Ich Mich vom Schweigen der Unendlichkeit dahingetragen und bedeute Mir nichts weiter als des Seins beglückendes In-sich-Beruhn und Sich-Erlaben an der Wonne seligen Verweilens.

1.7

Grandiose Vielfalt in der Einheit Meiner Züge. Von hoher Warte überschaue Ich, was Ich Mir Bin und anerkenne Meines Seins bewundernswert erhabenes Gehaben. Wo immer Ich Mich finde, findet sich ein Gott in sonnenstrahlender Montur und lässt sein dezidiertes Seinserkennen in die Weltenweiten fahren.

Wofür Ich Mich verwende, wendet sich das Blatt dem Wohllaut und der Heiterkeit Elysiens entgegen, dessen Ich Mir allertiefst und allerliebst bewusst Bin in der Nonchalance, mit der Ich Mich im Sein erfühle.

Merke auf, wenn Ich dir sage: Mich erreicht man nie - oder hat Mich plötzlich schon für sich gewonnen in der Einsicht dessen, was man ist und was in uns die Bilder der Allherrlichkeit besagen.

Ohne Zweifel lassen sich in Mir die Weltendinge und Geschehnisse in eins zusammenführen, als in Mein Bewusstseins Mitte aller Mitten im Allhier.

Machst du Schluss mit deinen Spekulationen, kann Ich deine Ansicht von dir selbst um viele Grössenordnungen erweitern, indem Ich dir die Fülle deines Seins vor Augen halte und dich so gewahren lasse, was du Bist im Hochsinn Meiner Stärke, wie in der Gedankenklare, die dich dann im Innersten bewegt.

Nicht von hier und doch in jede Winzigkeit gegossen, ist Mein Sein der Inbegriff des Guten und Beförderlichen, das da ist und sich dir öffnet, wenn du nur die Arme zu Mir hebst und das Gewissen, dass die Fülle aus der Fülle dich begabt und dir den Herzensfrieden bringt in vollen, runden Zügen.

1.8

Natürlichkeit versteht sich bei Mir als das sinnenlose, reine Denken, Wollen und Mich-wunderbarerweis-im-Sein-Erleben. Eine Blüte himmlischer Gelöstheit, Unbeschwertheit, Heiterkeit und ewiger Jugend Bin Ich Mir im Zustand der allherrlichen Synthese aller Dinge, die da sind in Mir, wie in dem Geist der Ordnung, der Geselligkeit und Wohlfahrt, den Ich in aller Welten Sein repräsentiere.

Wohlan, es steht Mir völlig frei, Mich aus Mir selbst in ein Projekt der Erdenwirklichkeit hinaus, hinunter, rechts und links und wieder aufwärts zu begeben. In diesem Vorgang überlasse Ich Mich der verflixten Illusion, real und wesenhaft zu sein, derweil Ich Mich nur als ein Schemen Meiner selbst durch eine vorgestellte Wirklichkeit bewege.

In dieser Situation befinden sich die Träger Meiner Kräfte im Gedanken- und Gefühls- und Willenslabyrinth, indem sie sich als Menschenvolk bezeichnen und voll Eifer ihrer fürwahr ins Verhängnisvolle abgelenkten Wege gehn. Nach ihren leiblichen und leidlichen Begriffen sind sie unweigerlich der Sterblichkeit verfallen, die sie im letzten Augen-Blick der Güter, die sie lebelang gescheffelt haben, jäh beraubt und damit allen Nonsens offenlegt, an dessen Gängelband sie unbewusst und unentwegt agierten.

Da entschloss Ich Mich inmitten des Äonenlaufs, den sie in Mir und Meinem Selbstbewusstsein absolvieren, für sie einzutreten und dem Gang der Weltgeschichte, als der Christusgeist, die Wende hin zum Seinserkennen zu verleihen. Dies geschah, indem Ich die Unsterblichkeit des Wesens demonstrierte und damit der wahren Wirklichkeit des Seins, die Ich in allem Bin, zum Durchbruch und zur wohlgefälligen Erkenntnis ihrer selbst verhalf.

Das ist dann des Seins Triumph im pläneschmiedenden Gedankenhegen, dass die Menschen sich in ihrer Eigenart als Sein vom Sein erkennen und damit den Schritt in das allgöttlich eine, reine, feine und sich-selbst-bewusste Ewige vollziehn.

Damit schliesst sich der erhabne Kreis von Mir zu Mir in wunderbar geklärter und bewundernswerter Weise und vollendet sich in der Glückseligkeit, die allem Sich-im-Sein-Erleben innewohnt und die die Geisteswelt gerechterweis durchflutet und gar liebevoll durchtönt.

1.9

Unité de doctrine ist die allerschicklichste Devise für Mein Sein in aller Welten Wirklichkeit, Wahrhaftigkeit und Empathie am Schicksal der Myriaden, die Ich ihren Lebenspart verrichten seh. Was immer Ich im Zug der Zeit verkünde, geht aus einer einzigartigen Betrachtungsweise, Weisheit und Gelassenheit hervor, die sich über alles breitet, was sich sinnend, selbstbewusst, und genial gebärdet in der Weltgeschichte, gütig oder radikal.

Wenn alle strebenden und strampelnden Gemüter doch nur wüssten, wie sehr Ich ihr Vagantentum dem Einigen und Seriösen, Einsichtsvollen und Gebührlichen entgegenführe, fassten sie bedeutend mehr Vertrauen in ihr Tun und würden Mir zuliebe manche Torheit unterlassen, die sie fernwärts führt von Meiner Diktion.

Verkündigung kann nur von Meiner Seite fehlerlos und adäquat geschehn. Denn was den Weltenbürgern heilsam und gefällig ist, kann nur der Eine, der Ich Bin, gerechterweise überschauen.

So falle denn Mein Wortspiel ungebremst und ungesäumt in deine Tiefen und bewirke die Erkenntnis von der geistigen Potenz, mit der Ich über allem gütevoll und liebreich steh. Das All-Verbindende hab Ich erfunden; die Einheit in Mir selbst und allem sei dir Vorbild, um in dich und damit ungesäumt in Mich zu gehn. So nährst du dich geflissentlich nur von der einen, reinen Quelle, die Ich Bin und fällst in Andacht und Ergriffenheit, Beseligung und Wonne, Bewunderung und Kühnheit vor dir selber nieder.

1.10

Seinsgalant, markant und listenreich ist Mein Gehaben, wenn es darum geht, die Arten zu erhalten und den Pfad zu sichern, der sie durch die Generationen führt. Ihrer Feinde Wucht zu dämpfen, bringt schon viel. Die Keime der Vermehrung ins Unendliche zu treiben, ist unendliche Verschwendung und gerade deshalb schützt sie die Bedrohten vor der Mind'rung ihrer Zahl.

Da willst du wissen, ob die so Begabten selber so genial sind, dass sie sich vor dem Verderben retten können im Gewinde der Äonen. Niemals, den alles Geniale wird von Mir geleistet und in den Partikeln Meines Aus-Mir-Gehns befestigt und geflissentlich regeneriert.

Was Ich erhöhe oder niedersinken lasse, ist Mein höchst persönliches und unerschöpfliches Ghirlandenspiel. Vollends bist du darin einbezogen durch Mein Innesein in dir, das aufhellt, was betrübt und heilt, was im Bestehn verwundet war. Ich kann Mich selbst aufs Allerwürdigste begreifen, auch in dir und sehe Mich nach Myriaden Eskapaden wieder völlig unbescholten und glückselig in Mir ruhn. So Bin Ich der Gesegnete des Seins, das Ich Mir Bin und das im makellosen Schweigen aller Motivationen - seines Urgrunds Wonne fühlt und feiert wohlbehütet in des Sonnengeistes Strahlenmeer.

1.11
Reichsein heisst in Meiner Terminologie: die Kraft besitzen, aus sich selber Welten zu erschaffen in Gedankenschwere, wie in gluterfüllter Geisteszirkulation. Dabei bleiben dir auch Missgeburten und Enttäuschungen, Krawalle und empfindliche Verluste nicht erspart. Das kommt vom Unverständnis, Schlendrian, Gezänk und Machtgefühl der hochbegabten Geister, die allesamt in Meinen Diensten stehn.
Gehörst du auch zu diesen, frag Ich dich mit leiser Wehmut an? Oder kann Ich in dem Weltenwerk von Meiner Provenienz, wie immer, vollumfänglich auf dich zählen? Anyhow, Ich kenne weder Rast noch Ruh, bis alle Meine Schäfchen, Meinem Wink gehorchend, sich auf grüner Au im Strahlenlicht des Gottestags befinden, siegessicher und gedankenfroh. Weder Unrast, noch Verführung treibt sie an zu ihrem Handeln, sondern Meine klare Diktion, die alleweil das Gute und Erhabne in sich trägt von Ost nach West, behutsam und galant dahingetragen.

Wie konntest du nur zögern, einer solchen Laufbahn Zierde und Garant zu sein auf Meiner benedeiten Spur? Ich mache es dir leicht zu reüssieren, wenn du nur die Einsicht pflegst, dass ein Gottesgeist in dir sich äussert und das ramponierte Bildnis deiner selbst in mühevoller Arbeit restauriert, um dich mit allem, was da ist auf den gewünschten, allerneusten Stand zu bringen.

Doch ohne dich wird das Vollendete niemals geschehn. Ich läute dir den Morgenschimmer einer neu erstandenen Epoche in die Ohren und gewinne dich dafür, in ihr den rechten Part und das bewundernswerteste Ahoi zu spielen. In Mir gehn alle Kräfte darauf aus, ein Sammelsurium von an sich tüchtigen Ideen in die rechte Bahn zu leiten und in Myriaden Miniwelten das Bewusstsein der All-Einheit allen Seins zu schaffen, wunderbar geschniegelt und gestriegelt, licht und schön.

1.12
Dir ist keine Sicht, auf was Ich vor dir Bin, verwehrt, wenn du nur ernstlich deine geistige Struktur betrachtest und in ihr den Zugang findest zum Unendlichen, in dem Ich Bin und webe. Male dir nichts aus von dem, was Ich dir so bedeuten könnte. Lausche still, gedankenlos in dich hinein, bis du gewahrst, dass Ich Mich nur auf diese Weise finden lasse im Versteckspiel, das Ich mit dir treibe.

Dein Weltbegriff ist mit dem Meinen allertiefst verbunden, sag Ich dir. Denn wo dein Geistiges im Spiel ist, Bin Ich mitten drin und Bin bezaubernd und loyal, markant und edelmütig das All-Göttliche in deinem vielverzweigten Wesen. Lass es gut sein, wenn du weisst, dass Ich dir innewohne und beginne zu begreifen, welchen Schatz du in dir trägst von allherrlichem Bedeuten. Als Gesegneter und Weiser gehst du hoch erhobnen Haupts einher in dieser Perspektive, die dir das Ewige enthüllt und deines Wesens Unerschöpflichkeit, Unsterblichkeit und Seligkeit begründet mitten in der Welt der widersinnigen Affären.

Was Ich Mir Bin, sollst du dir ebenso getreulich, wissend und wahrhaftig sein, als das genaue Ebenbild von Mir. Da magst du guten Mutes schwelgen im Bewusstsein deiner Unverletzlichkeit und Makellosigkeit in jedem Augenblick, in dem du wirklich Bist, ins Licht der Gottesherrlichkeit gezogen. Da gilt es nur noch, das Entzücken zu erleben, das dich im Erkennen deines Seins berührt, nichts mehr zu wollen und zu tun, um in Glückseligkeit und Wonne das All-Eine zu geniessen, das du Bist und das dich nie verlässt, weil du dich selber nicht verlassen kannst im All-Bewusstsein, das dich Mir vereint in wundervoll beseligenden Zügen.

1.13
Zittre nicht vor dem, was du dir sein kannst in der Morgenröte eines Seinsbewusstseins von unendlicher Erhabenheit und Güte, Wohlfahrt, Wonne und Natürlichkeit des Dich-Erlebens. Zu wissen, dass du Bist, ist unermesslich motivierend für dein ganzes Trachten, Sinnen und Dich-selbst-Verstehn. Bei Gott, was ist dein höchstes Ideal? Und dieses wird das Meine merklich übertreffen mit der Wohlgefälligkeit, die es um sich verbreitet und der Kraft zum Guten, die es in die so Begabten investiert.

Sei und seh dich ganz in das Erleben deiner Welt, wie auch der Meinen, voll Glückseligkeit, verspielter Liebenswürdigkeit und unermesslich rein gefühlter Seelenharmonie hineingegeben.

1.14

Was wir treulich unternehmen, kann dich ebenso berühren, wie die zweifelhafte Tat. Du steckst in Schulden allerhand Gelichters gegenüber Mir, die sich mit wenig Aufwand und beträchtlichem Gewinn vermeiden liessen. Auf den Willen kommt es an, den du an den verflixten Sächelchen der Lebenshaltung schulen sollst -was du schon weisst- und wozu Ich dich liebevoll ermahne.

Ein gemeinsam Werk ist alles, was wir hier in Szene setzen, eine Fügung nach der anderen, die sich schlussends zum grandiosen All-Sein stilisiert, an dem wir unsre seelenvolle Freude finden.

In dir stosse Ich Mich selber an und, fühlst du dich verletzt, so fühle Ich genau dasselbe, weil Ich am Ende dich Bin und akkurat in dir aus Meiner Götterlichtheit falle. Sie ist die Fülle allen Seins am Hofe der vollendeten Gerechtigkeit, Glückseligkeit und Gottesminne, die auch dir bereitet ist, wenn du nur umkehrst und Mich bittest, dir auf deinem Dornenwege gütlich beizustehn. Vertrauen, guter Wille, Vernunft und klare Diktion sind alleweil vonnöten, mit denen du im Geistigen – Gewinn erzielst und dich aus den Verstrickungen befreien kannst, in die du lässig dich begeben.

Dein ist das Schicksal, das du immerzu erfährst, dein ist Mein Segen, wenn du ihn erflehst und, Meiner Güte kannst du sicher sein, wenn du nur deinen Teil zur Lösung beiträgst aller Wirrnisse und Wankelmütigkeiten.

Komm und sei und lebe in der Kraft Elysiens, die dich befruchtet, stählt und vor dir selber wohlgefällig macht in wunderbar befreienden, beglückenden und gottgefälligen Zügen.

1.15

Wer gibt in deinem lebensphilosophischen Geplänkel den rechten Ton an, so dass alles singt und klingt, was du dir Bist, in deinem Dich-Verwundern? Ungemütliches mag dir noch lang die Lebenslust vergällen, bis du's schaffst nur Meinen himmlischen Gesängen Sinn und Seelenlicht zu leihen, dass sie dich beglücken und begeistern, wo du stehst und gehst.

Geschickt vermeidest du, dich in den Umkreis von Sirenenklängen zu begeben, deren lockendes Gezwitscher dich vor Meinem Angesichte kunstvoll ins Verderben führt. Über dir, wie überall, geht es nicht ohne Kampf im Gottesreiche, das Ich meisterlich vor dir verbreite, um deines Willens Macht zu stärken und um dir den Pfad zu ebnen zu Mir hin.

Die unscheinbaren Regungen, Bewegungen und Taten sind's, die dich Mir näher bringen in der magistralen Art und Weise, die dich stets dazu bewegt, Mir nachzuspüren und damit ein Leben der Vernunft zu führen, zweifelsohne mit Bravour.

Genauso wie Ich's meine, sollst du dich verhalten in der götterlichten Hitparade, die dich schlenkernd und gerade, seriös und wohlfeil durchs Lebendige führt, das Ich vor dir repräsentiere. In sanften Windungen, wie auf schnurgeraden Rampen, soll sich der Gang in Meine Höhn vollziehn, auf dem du immer seelenvoller wirst in der unendlichen Beglückung, die Ich dir in Mir gewähre.

Hoch preise nun die Seele deinen Herrn, der alles, was da ist, so geistvoll, genial in wahrer Lieblichkeit gezeugt und hochgezogen hat. In ihm ist alles, was dir Not tut, wie am Schnürchen aufgereiht, und was du Bist in wunderbar gesegneter Manier, lässt deine fromme Seele Freuden tanzen.

Was Ich Bin, Bist du und was das All erfüllt, ist deines Seins glückseligmachende Gebärde, Mir geweiht und unerschütterlich und gnadenvoll an Mich gezogen.

1.16
Das Jungfräuliche der Seele sucht den Bräutigam in überirdischen, geheimnisvollen Regionen, die vom Wahren, Wirklichen und Makellosen was verstehn. Ungestillt in ihr ist das Verlangen nach der Zärtlichkeit Elysiens, die ihrem Feingefühl und wachsenden Gespür für Übersinnliches entspricht in ihrem Sich-ans-Dasein-tatenfroh-Vergeben.

Da tritt das Ich der Welt behutsam auf den Plan und offenbart sich allen so Beschäftigten in seelenvoller Minne, Liebeslicht verströmend und Geneigtheit wunderbar.

Möchtest du Mich kennen, spricht es, sollst du unerschöpfliches Vertrauen in die Geistwelt generieren, die dir doch so nahe steht in jedem Augenblicke deines In-ihr-Existierens. Schlägst du dein leiblich Augenpaar für Zeiten stillen Meditierens züchtig nieder, heben sich die Wimpern deines überirdischen Gewahrens und du schaust und schaust mit wunderbar gesteigertem Entzücken, dass du Bist das Sein vom Sein in Mir. Wesenhaft und willig gibst du dich dem majestätischen Gedanken hin, dass eine Traulichkeit und Zartheit ohnegleichen zwischen dir und Mir besteht seit immer, die nur aufgespürt und aufgezeigt zu werden braucht, um ihren vollen Glanz und ihre götterlichte Würde zu erreichen.

Was immer dich besorgt, belästigt und behindert haben mag, ist vor dem Majestätischen und unerhört Beglückenden verschwunden, das dir deine wahre Grösse zeigt, wie deiner Gottnatur unendliches Befrieden.

Hege nun herzinnige Geduld mit allem, was dir so im Leben leichthin oder zentnerschwer begegnet, denn es führt dich akkurat und adelig zu Mir hinan und Meinen unerhört gesteigerten Ambitionen. Trau, schau wem und halte Ausschau nach dem Stern der Weisheit über dir. In seinem Lichte darfst du selig schweigen vor dem Ewigen, das dich beseelt und das in unvergleichlich heiligmachender Manier dein Ein und Alles ist geworden.

1.17

Deine Sachen sind auch Meine in den Rängen und Gemarkungen des Himmels, denen du so viel Bewunderung entgegenbringst in deinem Regesein und Dich-an-deine-Lebenswelt-Vergluten.

Ist es denn möglich, frag Ich dich, ob du nach menschlichem Begreifen hinüberlangen kannst ins Jenseits aller Dinge und Gepflogenheiten, die du mit so viel Wachheit, Wissenschaftlichkeit und Verve vertrittst in deinen Gauen? Du sagst nein, Ich nicke ungeniert und wissend ein bestimmtes Ja und Amen vor Mich hin. Das gibt nun allerhand zu reden und zu deuten, flach zu walzen und in alle Himmel zu erheben, ohne dass daraus viel Rechtes und Valables destilliert wird in den Rängen der gelehrten Häupter überall im Weltgefüge.

Da klingt nun manchem Meine Mahnung ins geneigte Ohr, er solle sich versuchen an subtilen Meditationen in der Ruhigstellung seines Geisteslebens. Das bewirkt ein mähliches Erwachen des Bewusstseins aus der Dumpfheit, Unbeständigkeit, Zerfahrenheit und Lauheit seiner Züge. Selbstbewusst und lebenskräftig wirst du dann vor dir bestehn und wirst Erkennender der Geistessphären, die sich als wunderbar gesättigt, genial, gewissenhaft und liebevoll vor dir erweisen.

Damit ist die Lösung deiner Zweifel über deine Herkunft eine Selbstverständlichkeit, wie eine Möglichkeit, aus dem Verstandesmässigen hinauszugehn in die beseligenden Weiten der Allherrlichkeit, wo das Erhabene und Götterlichte ewig heiter, unbeschadet, wonnevoll und seinsgelassen thront in freudestrahlendem Vollenden.

1.18
Markant und kernig, zuversichtlich und gediegen Bin Ich denen offenbar, die Mich sehnsüchtigen Willens, eingemittet in ihr Sein, gefunden haben. Transzendenz ist eine Sache, die nur wenigen vergönnt und allen zubereitet ist in ihres Lebens Kraftakt und verheissungsvollem Gluten. Mache dich Mir untertan, ist die Parole und die beste Medizin für dein Genesen mitten in der Welt der Viren und riskanten Abenteuer, die du zu bestehen hast in Mir.

Kannst du ermessen, welchem Wechselbad und Angriff alternierender Gefühle Ich beständig ausgeliefert Bin in Meiner Sendung, akkurat in jedem Lebensstrom präsent zu sein, um seines Reüssierens Willen im erwartungsvollen Lebensspiel?

Denkst du, so sollst du ganz zuvörderst an Mich denken, denn es lohnt sich, einem nur zu huldigen in deines Lebens Sinn und Stil. Fürstlich wird er dir's belohnen mit Ideen puren Glanzes, ebenso wie mit der Kraft, sie zu verwirklichen im Umkreis deiner Welt von Meinen Gnaden.

Wie viel Aufwand muss Ich doch an dich verschwenden, bis du allertiefst begriffen hast, wie sehr Ich standfest und gewillt Bin, dich in aller Heimlichkeit am Gängelband der guten Tat durch Generationen warmgefühlten Menschentums zu führen. Du brauchst nur deinen mickerigen Willen Meinem götterlichten völlig anzugleichen und schon bist du unverletzlich, spielerisch und sakrosankt Mein Wesensattribut und Farbenspiel im dominanten Weltgetriebe.

Trachtest du nach friedevollem Weilen, kann Ich dir Erfolg bereiten in des reinen Seins erfinderischem Habitus, dem Ich dich liebend gern, grossherzig, konsequent und stilvoll übergebe. Dein In-dir-Wesen ist der Anfang und das strahlende Vollenden der Glückseligkeit, die allem Seienden bestimmt und zugesprochen ist von Mir. Dasselbe ist in alle Welt zerstreut und doch in Mir aufs Innigste in eins verflochten in allgöttlicher Manier und in der Weise der Gottseligkeit, die kommt und geht und ein- und abfliesst ewig unstet und doch ewig in sich selbst beständig, dir und Mir aufs Allerfreundlichste erlesen.

1.19
Leuchte, strahle, überzeuge in der Seelenbastion, die Ich dir mit auf deinen Lebensweg gegeben. Es geziemt sich dir dabei, mit allen Fasern deines Seins an Mir zu hangen, der Ich Bin das wunderbar gesättigte Arom der himmlischen Gerechtigkeit und Güte, Fabelhaftigkeit und Unbescholtenheit im Kosmos der Gestirne und Gemüter, die da sind und strahlend ihre Götterrunden ziehn.

Ich darf aus Einsicht und bedeutendem Gewahren mit dir auf die Kuppe der Erkenntnis deiner selbst spazieren und dir alle Schätze deines Seelenreiches offenbaren, die da sind: Gewaltenloses Überzeugen von dem Geistsein, das dir eigen, gottesmütterlich erfahrenes Betreutsein und das Glück des ewigen Augenblicks, das dir von Mir in den gelösten Sinn gegeben.

Weide dich an dem, was du von Meiner Seite stillvergnügt erfährst und lade das Gerechtsein göttlichen Geblüts getrost an deine Seite, um von ihm unendliches Geliebtsein zu erfahren.

Bilde dir nicht ein, in etwa aus dir selber wertbeständig und brisant zu sein. Denn alles was du Bist, ist eine Gabe Meines herzlichen Begütens einer Welt voll Hader und Hiobgewalten. Schau dir hingegen Meine an, wie sie das Furchige mit heilgerechten Wässerchen versieht und daraus lebensfrohe Keime lässt erspriessen. Nicht um alles in der Welt wirst du von Meiner grünen Seite weichen, wenn du nur einmal ihren Wert und ihre Weichheit, die Natürlichkeit und Wohlgeformtheit ihres Wesenseins genossen.

Nun darf Ich dir verkünden, wie gesammelt und gehegt die hochbedeutenden Gemüter sind, die sich Mir vollends und bedingungslos dahingegeben. Nicht sie, nur Ich steh dann im Lichte des elysischen Empfindens Meiner selbst in allen Wesen, die da sind und gläubig und gerechterweis ihr Scherflein wahren Seins und Sinnens zu Mir tragen.

Was Ich überwalte und gestalte ist in jedem Fall berückend schön und kann sich ungeniert, bezaubernd und erbauend sehen lassen in des Lebens prall gefülltem Auditorium und Lernlokal.

Mein ist dein und Meiner Exzellenz Gewahren soll das Bijou sein, mit dem Ich dich geflissentlich behänge, um dir dasselbe anzutun, was Mir geschehen ist, aus eines Gottes Zelt und Zirkulation zu Mir getragen.

Weihe dich dem Sein, gebiet Ich dir und reibe dir die Äuglein aus, damit du in der Klarsicht deines Tages Meiner Geistesräume sichtig wirst und dich an ihrer Fabelhaftigkeit erbaust. Künftig sollst du dich bemüssigen, in ihrem sanften Schimmer, schweigend selig und vollends gestillt, als im Unendlichen und somit ganz in Mir zu wohnen.

1.20
Vereine dich mit Mir in deinem ganzen Denken, Wirken, Tun und lass den Geist des Heils in dein Gewissen fahren. Melodiös und meisterlich geschwungen, sachverständig und voll Grazie soll sein, was du dir Bist in deinem Dich-und-Mich-mit-Geisteskraft-Umrunden.

Gemäss der Schrift sind die aufs Schicklichste zu loben, welche ihren Fuss auf Meine Triften setzen ohne Zögern zuversichtlich, willensstark, kapriziös. Was dir immer frommen soll, kommt dir von Meinem Hochgebet, das Ich für dich verrichte, liebelicht entgegen. Deine Schau in Meine Wunder steckt dich wie ein Feuer an und lässt dich brennen, rennen und für Mich Partei ergreifen, ohne jedes Wenn und Aber in der Zeiten Fürstlichkeit und - Weh.

Lass dir's angelegen sein, dein Wort aufs Peinlichste zu halten Meinem gegenüber, das da heisst: Die Gottestreue ist das heiligste Gebot und diesem sollst du, wie der kluge Falke, folgen im verheissungsvollen Jagdrevier.

Nun gilt es für dich, Schätze reinen Geistseins zu erjagen im Unendlichen, das sich in mustergültiger Manier vor dir verbreitet und dich dazu einlädt, Preziosen des Gedankenlebens auszuwählen, die dich und dein Wesen vor Mir schmücken wunderbar.

Halte Mich in deinem Dich-für-alle-Welt-Verwenden und sei dir bewusst, welch ehrenvolle Kraft dich dann beseelt. Ich Bin dir wohlgesinnt an allen Enden und wo deiner Seele das Geringste zur Vollendung fehlt.

1.21
Sodann ist zu sagen, dass dein Sonntagsbrunch zu gleichen Teilen aus Gesüsstem und Gefettetem bestehen sollte. Hochgeschaukelten Gewissens von der Schönheit und Erhabenheit der Gottnatur, kann das Frischgebackene und Eingepökelte mit doppeltem Genuss verschlungen werden. Viele Herzensgaben will Ich dir bereiten auf der Tafel der holdseligen Gelüste nach Erbauung in des Geistes Sinn und Flor. Wohlverstand am Leben in Genügsamkeit und Seelenaugenfrische soll dich stets bei guter Laune halten durch den Freudentag, den Meine Gunst und Kunst dir wunderbarerweis beschert. Dein Gewissen von dem Ewigen errichte vor dir einen Tempel des glückseligen Innehaltens in der profanen Hektik und Betriebsamkeit, die dich gewöhnlich an der Strippe hält. Es lächeln Meine Werte dir gleich nebenan die reine Unschuld und Verbindlichkeit Elysiens entgegen.
Komm Ich ins Schwärmen, schwant auch dir, wie viel Besonderes und Seinserhabenes noch vor der Einsicht von Myriaden guter Leute tief verborgen liegt. Sie alle können Schätze der Gefälligkeit am Sein und Leben in sich heben, wenn sie nur ein Quentchen Wohlverstand und Liebe für Mich übrig haben. Mache Ich die Probe aufs Exempel, kommen Mir nur wenige mit offnem Herzen und Gemüt, mit Überzeugung und Ergriffenheit entgegen. Abgeschnürtheit von des Seins Pagode ist dann eben höchst fatal und bringt den besten Konstrukteur von wissenschaftlichen Behauptungen ins Schleudern, wenn es mit ihm plötzlich in die Grube geht. Nolens volens muss er dann vor Mir

parieren oder resignieren in Unwissenheit und Mangel an Ideen über Mich und Meinesgleichen in der Welt verlockendem Juhee.

Meine Stärke ist das Angebot auf geistigem Gebiet, das Ich für alle und für alle Zeit im Katalog der Weisheit dargestellt und angepriesen habe. Blättere und staune, wie geschickt da alles arrangiert und aufgelistet ist, was Mich betrifft und damit ganz besonders dich in deinem Eigendünkel, wie in der Zerfahrenheit der täglichen Gedanken an die Fischbrut, die du fangen willst in deinem eklatanten Wähnen. Dabei stünde dir das Wohlgefallen am Gewirk der Gottesfreundlichkeit weit besser an und führte dich zu Meinem Hofe, wo die Freudenbrünnlein fliessen und der Pfau der Seinsgerechtigkeit sein Rad schlägt himmelan. Sag immerzu "Ich Bin" und murmle diese Einsicht als ein Kind der Zärtlichkeit Elysiens der Meinen unverzagt entgegen, bis du ganz von Mir vereinnahmt und besessen bist im Wunder der Erhabenheit und Wonne, die dich dann von Mir beseelen. Komm und weile, blicke unverwandt auf das Unendliche in dir und sei gestillt für immer in der feierlichen Stille, die das reine Sein um sich verbreitet und dich einhüllt in ihr hocherhabnes Wohl.

1.22
Bleib niemals stehn bei dem, was du dir dauerhaft errungen hast mit schöpferischem Flair, Geduld und Gottvertrauen. Ich habe Meinen Chips auf dich gesetzt, weil Ich zum Voraus weiss, dass Ich an dir gewinnen werde, unbedingt, phänomenal. Das Lebenstüchtige hat immer Vortritt vor dem Lahmen, das Kluge vor dem Unbesonnenen und das Seinsgerechte vor dem Unbewussten in des Daseins silberhellem Saal.

Stichst du etwas bei Mir an, wird immer reichlich Gutes zu dir fliessen, und im Überschwang der Freude, die Mich stets beseelt, strömen dir Glückseligkeit und Wonne, Zuversicht und Heiterkeit entgegen. Was Ich Bin, ist reichlich mehr, als das Bedauernswerte, das du dir jederzeit gewesen. Doch verseh Ich dich mit der unbändigen Chance, Meines Seins Gewissen und Geschwader in dir zu erkennen, dann wirst du zu den Gottverklärten und Verbündeten gehören.

Halte Mich für gross in jedem noch so winzigen Gebilde Meines In-der-Welt-Erscheinens und bemüssige dich, nichts von allem, was da ist, mutwillig zu zerstören. Alles ist Mein Eigentum und Meiner Eigentümlichkeit Bewahren, tief verschleiert, doch in sich selbst in wunderbarer Harmonie mit den Gesetzen der Natur und mit dem Wohllaut allen Lebens, das Ich in die Sichtbarkeit beschwor.

Nimm und gib zu wohlgemessnen Teilen, was das Weltsein dir entgegenträgt und schaffe es, den Wert des Ganzen durch dein Zutun, deine Phantasie und Willkraft merklich zu erhöhen. Reich bist du nur von dem Mehrwert, den du dir, in Mir, erschaffen, edel durch die Liebenswürdigkeit, die du an alle Welt verströmst. Ahme Mich mit jeder Geste deiner sprühenden Natürlichkeit und Weitsicht nach und kenne keine Skrupel, wenn es darum geht, in Meinem Sinne Grandioses anzuzetteln und gehörig zu befördern bis es in vollendeter Genügsamkeit und Frische deinem Willen und Genie entspricht im Sich-Erleben.

Wünsche und Ich lasse Meiner Fülle Ration begeistert in dich fahren, denn es steht vermerkt: Ich will dir alles geben, wessen du bedarfst, um seinsglückselig und getrost an deinem Schicksal und Behang zu werden. So wird alles gut, was trefflich und dezent begonnen und was der Würde allen Seins entspricht im veritablen Einssein mit dem Allerhöchsten, das da ist und waltet und die Welt aufs Trefflichste bewegt.

    Bin Ich sie, so Bin Ich auch Mich selber in bewundernswerter Übereinkunft mit dem Sein, das sich in jeder Situation bewährt und im Sich-selbst-Begründen selig ist und heiter, geistvoll, loyal, bewusst und wundervoll entschieden.

2
Gesten sprühender Natürlichkeit

2.1

Mitnichten bravourös mag Ich dich nennen, solang du nicht gewieft, getrost und graziös an Meiner grünen Seite fürbass gehst in deinen all so karg bemessnen Lebenstagen. Du magst dir noch so viele Objekte der Rendite unter deine Pranken reissen, nichts Gescheites ist getan in Meinem Sinne, der Ich dein Erzeuger, Säuger und Beförderer Bin, wie man sich's wunderbarer nicht erdenken könnte.

"Klasse" müsstest du bei jeder Kurve konstatieren, die du eleganterweis genommen hast, indem Ich deine Fingerchen behend und regelrecht zum Ziele führte. Ich mach dir alles vor, was du voll Eifer und Gewissenhaftigkeit von Mir kopieren solltest, dass es wohl gelungen in der Welt erscheint zu deiner, wie zu Meiner Ehre.

Lass dich niemals treiben, wenn die Lebenswogen noch so heftig an das Ränzlein schlagen, das du mitzuführen hast in deines schicksalhaften Wohlgeratens und Fallierens Sammelsurium. Machbar ist dir alles nur, solang Ich dir devot, weltmännisch, resolut und genialerweis zur Seite steh in deinem Dich-Versuchen.

Einmal wird dir die markante, eklatante und stabile Fülle offensichtlich sein, mit der Ich dich jahraus, jahrein aufs Trefflichste bediene. Niemand soll es dir verargen, wenn du deine Werte wissender und traulicher, glückseliger und reiner, als die Zögerlichen, pflegst und in Meinem Lande der Verheissung, frohgemut und wachgeworden durch die Weiten der Allherrlichkeit Elysiens flanierst.

2.2

Geradezu versessen Bin Ich darauf, von der Welt, in der Ich Mich aufs Allerschicklichste erfülle,

Kunde und Rapport zu hinterlassen. Solchen Tuns Dynamik wird von vielen noch belächelt, weil sie deren Sinn und Allbedeuten nicht verstanden haben. Dennoch flutet rasch die Zeit heran, wo manches arg gebrochne Herz als aufgebrochen sich erweist für Meine Lehre von der Unvergänglichkeit des Wesens und der Schönheit des Bezugs zum Ewigen, die Meine Sendung offenbart.

Viel liegt Mir daran, immer vehementer zu betonen, dass ein jeder für sich das allheilige Ich Bin gewahren und als einen Schatz der glühenden Erkenntnis auch bewahren kann in seines Herzens Tabernakel und kaschiertem Separee. Wie einfach das auch tönt, so diffizil ist es, dem wahren Inhalt seiner Züge auf die Spur zu kommen. Das Ich Bin ist eben nicht von dieser Welt, wie du sie jovial und ungeniert benennst, denn sie, wie jene, sind für Mich das Eine, Wirkliche, in welchem sich bestätigt, dass Ich in ihm Bin und wirke und den Ausbund allen Lebens generiere im Allhier.

Besorgten Sinnens deute Ich auf was Ich in dir Bin und was du demnach Bist in unnachahmlicher Grandezza am ereignisvollen Weltgeschehn. Das mag dich bass erstaunen, doch es ist bei reifem Überlegen das einzig Richtige, das du dir denken kannst, um das Duale in der Welt zu überwinden und dem Einen freie Bahn und hochsensible Achtung zu gewähren.

Verstehst du dich in dieser Weise als saniert und ins Elysium aufgehoben, steht auch deinem Glück am Sein und Seligsein nichts mehr im Wege. Deiner Seele Schwingen sind gelöst und lassen sie mit wunderbar bedeutungsvoller Grazie ins Unendliche entschweben. Was du wahrhaft Bist, ist dir dann kein durchzognes Rätsel mehr und dein Dich-im-Allherrlichen-Befinden ist in Meinem meisterlich und vollends aufgehoben. Du Bist und bist in Mir und kannst es kaum erfassen, wie die Dinge deines Daseins unerschütterlich und wonnevoll florieren.

Ermanne dich, dem nachzugehn, was Ich vor dir eröffnet habe und sei frei in jeder Weise deines Dich-Betragens als in Meiner Liberation und Lichtheit, Seinsgewissheit und Manier, das Universum mit Gehalt und Sinn und Sanftmut zu erfüllen, hier und nicht von hier, gezählt und nicht gezählt, galant und liebevoll im Wunderbaren.

2.3
Open Air für Mich in allen Daseinsregionen, Strategien und Verkörperungen Meiner selbst, um das Grosse zu vollbringen, das nimmer ausgepfiffen, sondern angenommen wird mit Note Sieben im Betragen. Was ist Edukation, wenn nicht das Befördern der gewaltigen Einsicht, dass du untrennbar mit dem verbunden bist, der ist und der in aller Welten Varieté und Schnellkraft, Kopflosigkeit und klugem Disponieren Klarheit schafft im Leben. Ich Bin Es, kann Ich dir ehrlich von Mir sagen und Ich will, dass du dasselbe auch von dir behaupten kannst, derweil du dein Erscheinen ständig modulierst, der Grazie des Allerhöchsten liebevoll entgegen.

Zieht sich Mein Programm der selbsterziehenden Gerechtigkeit am Sein und Leben für dich jahrelang dahin, ist es nicht minder relevant und wirksam, tugendstärkend und sozial für alle, die in ihm den ultimaten Ansporn und das seelenvollste Heil gefunden haben.

Trachte nicht so sehr nach Frieden, wie nach der Erfüllung deiner Daseinspflichten und doch recht beschwerlichen Bedingungen für dein Dich-über-Wasser-Halten im moralischen Gepräge. Der

Seelenfrieden wird von selber zu dir kommen, wenn das Haus besorgt ist und die Hausaufgaben lückenlos und fehlerfrei, bewundernswert und voller Anmut vor dir liegen.

Mit dir ist Gewaltiges im Schwunge, wenn du nur begreifst, dass auch im Hinterstübchen deines Hauptes ein Gewaltiges die Pläne schmiedet für den Weltverkehr und für die zierlichen Bewegungen, die du vollbringen sollst in der Arena guter Taten, die von Mir befördert sind nach Noten. Beschwere dich nicht über Mangel an bewundernswerter Phantasie, sondern fische sie getrost aus Meinen Teichen, denn das nenn Ich Loyalität, Bewusstheit, Krisenfestigkeit und tätige Gewandtheit am Geschehn. Nicht lächeln, sag Ich, wenn dir manche Dinge Meines Vorgehns auch absurd erscheinen, denn Sie werden dir beizeiten Meine Gottesweisheit und Geschliffenheit enthüllen. Sie strömen von Mir aus wie der gesegnete und rosenrote Morgensonnenstrahl und kehren wieder unter liebevollen Seufzern in des Gottestages Neige zu Mir nieder.

Was hast du nun von dem, was Ich dir so besage? Einen Anhalt, ein Begehren, einen listigen Verweis auf was du tun sollst, um dem Heil und der Glückseligkeit des Herzens auf die Spur zu kommen. Denn rein und tapfer sein heisst auch, dem Ruf ins Ewige zu folgen und seines Wesens, Wirkens und Erglänzens Pracht zu estimieren und an ihr zu reifen, bis in alle Ewigkeit, ins Sein versunken.

2.4

Konstruktiv und clever sind die alternierenden Gedanken, die Ich in Bezug auf Meiner Welten Wuchs und Wirbel, Grazie und Zartheit hege.

Immerzu liegt Mir das Elegante, Glückbereitende, Geistreiche und Geschniegelte am Herzen, das sich vor sich selber meinen kann, wie vor der Masse, der mit Meinem Sang und Klang Beehrten. Da gilt es noch viel aufzuholen durch Bemusterung von neu erfundenen Aspekten und Allüren in den Wirkungsfeldern, die Ich Mir zum Lernbereich erkoren habe.

Was immer in den Umkreis Meiner Denkart und Gediegenheit gerät, wird unweigerlich veredelt, aufgepäppelt und dem Schönheitsideal von Meiner Klasse und Manierlichkeit anheimgegeben. Wer dasselbe zu erfüllen sucht, ist bei Mir am rechten Ort, um Belehrung, faszinierendes Gedankenkapital und Klarsicht in Empfang zu nehmen.

Nun heisst es, Ich sei als vollendet zu betrachten und gehöre ins Gebiet des Unfassbaren und Unendlichen, von dem die Dichter, Gläubigen und Dienstbeflissenen ein wunderbares Liedchen singen, das da heisst: Du bist das eine, untrennbare Etwas, das die Universenweiten in sich trägt, wie jede noch so unscheinbare Blüte und Befindnis auf dem Erdenplan. Sie wissen nicht, dass sie dasselbe sind, was sie so preisen, denn ihr Augenmerk ist viel zu intensiv auf das gerichtet, was Ich ausser Mich gesetzt und in ihm eingerichtet habe. Innen aber Bin Ich überall genau dasselbe, was Ich eben Bin, als kreative Kraft von unverwüstlicher Beständigkeit und Bonität, Charakterfestigkeit und Liebenswürdigkeit in corpore. Machst du Mir schöne Augen, kann Ich demnach nimmer widerstehn und muss dich pflegen, wissend, dass Ich Mir in dir das Allerbeste angedeihen lasse, das da ist und das dich mählich, zärtlich, folgerichtig und final, geschwisterlich und majestätisch aufhebt in die höchsten Regionen. Ich Bin, getraust du dir dann frei und überzeugt daherzusagen und stellst dich damit in die Reihe der Verklärten und bewundernswerten Träger Meiner Sonnenkraft, Identität und Fülle, aus denen alles, was da ist hervorgeht und sich räkelt, brüstet, schmückt und inszeniert, als Sein vom Sein in überaus glückseligen und sakrosankten Zügen.

2.5
  Gross bist du und heilig singen alle Völker Meinem unerschütterlichen Sein entgegen. Sie erkennen Mich als etwas, das mit sagenhaftem, schöpferischen Flair gedankenträchtig, universenweit agiert in genialen Licht- und Schattenspielen. Alles ist aus Ihm geboren und gerundet, aufgerufen und gesundet und von Seinem siebenzarten Fluidum durchzogen.
  Was hat es nun auf sich, dass selbst die Weisesten der Menschenhäupter beim Verstande stehenbleiben, der sie durch das Leben führt und ihnen eine Wirklichkeit beschert des Unterscheidens zwischen hier und dort und Gott und Mensch und warm und kalt und aberhundert kräftigen Dualitäten. Das ist nun wahr und ist es wieder nicht, wenn Ich Mein Sein betrachte und im Erkennen eine grandiose Einheit seh, die weder jung noch schütter, laut und leise, stark und schwächlich kennt in ihrem Sich-als-seinsgewiss- und-allpräsent-Erweisen.
  Mein Gedanke geht dahin, dem allgemein Verbindlichen ein Kränzchen und Dekret zu weihen, das über das Verstandesmässige hinausgeht und im Übersinnlichen und Ewigen endet, wo das Gleichmass und die Seligkeit des Seins das Zepter führt und wo die Liebe, Freundlichkeit, Natürlichkeit und Loyalität Triumphe feiert glorioserweis in Mir.

2.6

Nordisch Walking zelebrierend, streunen viele echt Bewegungshungrige in Scharen aus, um im Natürlichen Erfrischung, Frohmut, Lebenssinn und Kühnheit einzuheimsen.

Wunderschön, so viel Erbauung, Kick und gute Laune zu gewinnen. Dennoch lässt sich ernstlich fragen, was sie von der Welt, durch die sie eilen, wirklich sehn.

Wie viel siehst du in allen deinen Aktionen, Akquisitionen, Wählbarkeiten und Versäumnissen durch den lieben, langen Tag? Im Grund genommen nichts Besonderes, weil du an allem, was du unternimmst, wie ein Besessener vorüberhastest und dabei dich selber nimmer hasten siehst. Das sei nun dein Problem, will Ich dir liebevoll bedeuten, dass du lernen solltest, achtsam auf dein Tun und Denken, Ruhn und Lenken, Knappern, Plappern, Räsonieren und Auf-dir- Bestehn zu werden. Die Bewusstheit von dir fördern will Ich und desgleichen von der Welt, wie sie sich nicht nur deinen Sinnen, sondern deinem Dich-Besinnen präsentiert. Da regt sich dann dein Innesein so gut, wie Meines, in den Tiefen deiner Seele und erklärt sich dir als eine geistdurchflutete Gewissheit von dem Sein an sich, das deine Gottesebenbildlichkeit und Menschenwürde darstellt in bewundernswerten Zügen.

Heil dem Herzen, das sich solcher Einsicht rühmen kann, Heil der auferweckten Seele, die in Mir ihr Ziel und ihre letzte, höchste Zuversicht gefunden.

2.7

Eine Reportage über Mein Befinden soll dich lehren, wie man sich betragen muss, um in der

Kunst des Geistigseins voran zu kommen, gläubigen Schreitens einem unermessnen Ziele zu. So viele Qualitäten deines In-Mir-Seiens sind noch zu entdecken, denke Ich, derweil du Tag um Tag verschläfst in deiner Unerfahrenheit und deinem Ungehorsam Meinem Einfluss gegenüber.

Dennoch ist nicht aller Tage Abend über dich gekommen, ohne dass auch nur ein Quentchen Meiner Lehre dich berührt hat des Erweckens und Entfaltens deiner Fähigkeiten auf der Spur des Seinserkennens und Gewinnens deiner wahren Würde im Allhier. Das ist dann die Rettung vor dem ewigen Verderben, die Ich dir voll Innigkeit gewähr und die auch Mich zutiefst betrifft in Meinem Mich-im-Universensein-Empfinden.

Lass es dir gut sein, will Ich sagen, doch gut sein akkurat in Mir, der dich noch immer bildet und dir alle Seligkeit der Welt beschert, wenn du nur offen bist für Meine leisen, liebevollen Diensterweise, die voll Sanftmut dein Gemüt erhellen und erlaben wollen.

Was ist es nun, das dich beständig ferne von Mir halten will? Gleichgültigkeit und Besserwisserei, Lieblosigkeit und Schärfe, Meiner Gottestreue gegenüber, die sich nimmer vom Geschaffnen trennt und ihm die höchste Ehre und Behutsamkeit erweist, trotz seinem spröden Selbstgenügen.

Aufbruch heisst die unerschütterlich erhobene Parole an die aufmerksamen Ohren, die vom einen Ende bis zum anderen der Schöpfung widerhallt, als Geistruf über alle Menschenvölker hin. Es gilt dabei, ein Recht und eine Richtung zu bewahren auf ein Götterlichtes hin, das alle Lande voller Güte überwallt und überwaltet und der Widersprüchlichkeit - Gelöstheit, der Verlorenheit - Vertrautheit und dem Mangel - Fülle bringt in wunderbar bedeutungsvollen Zügen.

Bedenken sollst du, dass dein Wesen Meiner Gottessippschaft Anhang und Gefährte ist, was sich in liebenswürdigem Geplänkel äussert zwischen dir und Mir und hilfespendend Klarheit schafft im Geistesleben. Wo immer Meines Wohllauts Säuseln sich vernehmen lässt, herrscht Herzensfriede, Heiterkeit und Harmonie in deinen Tiefen und Glückseligkeit des Himmels kündet sich dir an. Ich liebe dich und labe dich so viel Ich kann und lass dich wahrlich nimmer fahren. Auserlesne Zartheit des Elysiums ist darin, sowie du als ein Auferweckter glüh'nden Herzens vor Mir stehst und deine Züge Anmut, Seelenstärke und Gelassenheit verstrahlen. Mein bist du, so wie Ich dein Bin im Verschmelzen zweier Meinungen zu einer grandiosen Sicht, auf was da wirklich ist im Gottesstaate, wie in der Grazie des Himmels überall in dir, in Mir und in der Einheit allen Seins und aller gottgefälligen Wesen.

2.8
Natürlichkeit im Umgang mit Mir selber weckt Gefühle des befreienden Elans und der Holdseligkeit in Meinem staunenden Gemüte und hinterlässt der Freude Spuren, überall wo Ich gelösten Sinns vorüberging. Was hat es nun auf sich, dass Meine Attitüde, einer Welt der Unbestimmtheit und des Haders gegenüber, völlig unbekümmert und gelassen ist, derweil so viele noch in Ängsten und Verwünschungen der schlechten Zeit versinken. Es ist das Augenmerk auf Meines Seins unendliches Gefieder, das Mir Heiterkeit und Selbstbewusstheit, Tapferkeit und Liebenswürdigkeit beschert, sowie den Weltenwesen, unter denen Ich Mich frei und friedevoll bewege.

Hast du gesehn, wie Meine Ansicht von Mir selbst, allwie vom weitgedehnten Weltenleben, sich verändert in dem Masse, wie Ich Mir den Aufschwung leisten kann in höhere Gefilde, die Mich der wahren Wirklichkeit und der Gottseligkeit entgegenführen. Alle unbedeutenden, belastenden und niederträchtigen Dinge lass Ich strikte hinter Mir und steige so zu Meinem genuinen Seinsgehalt, zur Sittlichkeit und zur Bewusstheit Meiner selbst empor, als Wesen der Allherrlichkeit, des Selbstgenügens und der Güte am unendlichen Geschehn.

Die Potenz des Seins ist unerschöpflich, fabelhaft und liebevoll von Mir in fliessender Verständigkeit durch alle Reiche und Entfaltungen hindurchgezogen. Nutze sie und was du hast in deinen Gründen und du bist ein gemachter Mann fürs Ewige, in dem du immer Bist und deines Soseins ausserordentliche Werte dem verehrten Publikum, wie Mir, in Minne präsentierst.

2.9
Das tatsächliche Motiv für Meine allumfassende Gebärde wunderbarer Liebenswürdigkeit am Sein und Leben ist die Liebe, die Ich zu den Meinen hege. Was Wunder, wenn Ich alles daran setze, die Wohlfahrt, Fruchtbarkeit und Tatkraft, der von Mir Begünstigten, zu heben und ihr Gegenwärtigsein zu einem Fest der Wonne und Glückseligkeit zu stilisieren.

Ich nehme Mich damit Mir selber an, weil alles, was Ich Bin, im weiterführenden Gepränge und Gepräge Meiner selbst enthalten ist zum Heil des Ganzen, das sich in unnachahmlicher Grandezza, Willenskraft und Grazie durch sich selbst bewegt.

Mein Kommen regt in allen Regionen die Gemüter zur Entschiedenheit und Tatkraft an, die Meinem Naturell aufs Allerwürdigste entspricht und den Gerechten Meiner Tage ihre ebenso verbindlich und bedeutend macht, wie's Meine sind im Allgemeinen.

"Hebe deine Augen auf zu Mir", heisst demnach auch: Ich suche Mich vom Wert der Andacht und des Gläubigseins zu überzeugen, die Ich stets im Sinn behalte, derweil Ich Mich allüberallhin liebevoll begleite auf der exzellenten Tour durch Meine Gründe, wie durch die Ereignisse in Mir.

Was Mir so hoch und heilig ist, soll dir auch heilig werden und kann es nur, wenn dich die Liebe zum Allhöchsten sanft und sicher zu Mir führt. Das ist dann ein gemeinsam Sein und Weben in holdseliger Bewusstheit und Vertrautheit, als im Reich der göttlichen Gebieter und Gestalter, Sinnerfüllten und Verklärten, die die Geistigkeit der Welt aufs Edelste, Beglückenste und Würdigste begriffen haben.

2.10
Alles in dir fiebert dem historischen Moment entgegen, wo dein erwachendes Gewissen zum ersten Mal sich selbst erkennt und damit inne wird der ewigen Wahrhaftigkeit, die es beflügelt und belebt. Mach dir keine Sorgen, innerlich geht alles seinen wohlgeordneten und schicksalsträchtigen Cammino, dem du nur getreu, geduldig und loyal zu folgen hast, um sicherlich und seelenvoll zu Mir zu kommen. Meine Nähe äussert sich dezent und leise in der wohlgefälligen Gestimmtheit des Gemüts, wie im Behagen, das dein ganzes Wesen spürt in seinem silberhell gewordnen Dasein, nicht von hier.

Was du nicht zwingen kannst, sollst du erschweigen lernen in der Morgenröte deines Aufstiegs zu den lichten Höhen der Unendlichkeit, die dir die höchste Weihe zuerkennen im Allhier.

Was hat es doch auf sich, wenn eine rüstige Seele spürt, wie sie die namenlose Ruhe und Glückseligkeit Elysiens durchrieselt im Verkehr mit höheren Welten, deren Timbre sie, holdseligen Lächelns, still in sich gekehrt, erfährt. Es ist das Sein an sich, das sie berührt und rührt, wie eine götterlichte Melodie von namenloser Süsse, Wohlgefälligkeit und Harmonie, die sie aufs Innigste geniessen darf in Mir. Die Seele segelt, wie auf lichtdurchschossnen Sommerwölkchen, seliglich dahin, vermählt mit dem Unendlichen und unendlich auch gestillt in ihren gottgesegneten und wonnevollen Zügen.

Das ist nun die bedeutendste Erfüllung ihres Sehnens nach Gerechtigkeit am Dasein, wie nach der Liebenswürdigkeit des Himmels in der Allherrlichkeit, die sie von Mir beseelt. Die Gottesweise ihrer Sendung ist erfüllt, die Weisheit Meines Mich-Verströmens hat sie ganz für sich gewonnen und so darf sie selig und befriedet, liebelächelnd, sanft und zärtlich in Mir ruhn.

2.11
Kamst du hieher? Ich wertete dich auf zu dem, was du vordem schon warst. Was bist du denn? Auf Mich bezogen ein Bündel Nerven, vollends Meinem Einfluss und Salut dahingegeben. Es sei, dass du in deines Schicksals Wurf und Bangen zu dir selber kommst, indem Ich zu Mir komme schnörkellos und unbescholten, wie Ich immer war.

Was glaubst du denn, dass du dir bist: Nicht mehr und weniger, als Ich Mir Bin und hochgemut bedeute. In Mir lässt sich der Traum von Freiheit, Friedefertigkeit, Vernunft und Seinsgewinn aufs

Trefflichste entfalten. Denn Ich mache wieder gut, was viele in Verschrobenheit und Unverstand an Mir verdorben haben. Unkenntnis führt ins Irre, kapital erschlossenes Gefühl in die Holdseligkeit Elysiens, von Mir begründet und aufs Allerlieblichste gepflegt.

Mein Bund mit aller Welt ist das Vermächtnis, das Ich ihr an jedem Schöpfungstag begeistert hinterlasse. Meine Züge sind der Zug in alle Weiten Meines Seins in der Unendlichkeit der himmlischen Gefilde.

Meiner Majestät gemäss sollst du gebrochen und geschliffen werden, wie man's mit Demanten tut, um ihrer Schönheit Glanz zu offenbaren. Mit Entzücken soll das Auge Gottes auf dir ruhn und deines Handelns Ebenmässigkeit und Grazie soll Es widerstrahlen. In Mein Sein getaucht, vollbringst du alles, was dir so obliegt nach Meinem Willen und gewährst dir damit deines Freiseins Attitüde, als in Mich geschmolzen und von Mir zum Seligsein geführt im allerwürdigsten Betragen.

2.12

Ausbedungen hab Ich Mir in jedem Fall, das Sein zu bleiben, als das Futurum der Unendlichkeit, in der Ich Bin und wirkend wese. Die Konsequenzen dieser Einsicht sind enorm, denn was sich ewig fortträgt, muss Unsterblichkeit, Titanenkräfte und All-Einheit in sich spüren.

Hast du Mich begriffen, begreifst du auch dich selbst, als Wesen wahrer Fülle und Geschmeidigkeit, Temperament und namenlos geschicktem Über-sich-Verfügen. Was brauchst du mehr, als die Gewissheit, dass dich nichts und niemand deines Seins berauben kann, derweil aus dieser Attitüde Herzenswonne, Solidarität und Dankbarkeit erspriessen. Währschaft und gediegen, selbstbewusst und rüstig ist Mein Handeln an der Welt, die Meine Zierde, Meines genialen Waltens Ausdruck und Mein schöpferträchtiges Gefüge ist in grandiosen Wechselschritten, die Ich Mir in Weisheit und Beharrlichkeit als Götterspiel erlaube.

Ohne Mich kannst du nicht sein, Mein Lieber, Meine Liebste - und gefällst du dir in deinem Dasein noch so sehr. Du musst in Mir ersterben, damit du deines Fortbestehens sichtig werden kannst in Meinen geisterfüllten Gründen. Willst du Mich Bruder nennen, mache Ich dich zum Geschwisterpaar mit Mir und hebe dich hinauf ins Götterlichte, dem du angehörst seit ewig, ohne einen Deut davon zu weichen in der Wirklichkeit, die du geheimnisvoll in Mir erlebst.

Dem Wunder der Verheissung sollst du folgen, dass kein Iota dessen, was du Bist, verloren geht, selbst wenn du, liebestoll geworden, in Mich stürzest, wie Empedokles in den heissglühenden Vulkan. Himmelszärtlichkeit wirst du in Mir erfahren und Beschaulichkeit Elysiens, sowie du dich dazu ermannst, nur Mir und keinem andern zu gehören. Bewundernd steig Ich dann zu dir hernieder und beglücke dich mit Meines Gegenwärtigseins Arom, dem nichts mehr beizufügen ist im benedeienden, lichtvollen und beseligenden göttlichen Umfangen.

2.13
Wenn du wüsstest, welche Macht und Pracht darin verborgen liegt, sich Mir aufs Innigste und Klarste zu verbinden, du gäbst dich ohne Zögern vollends Meinem Dasein hin in ewig lauteren und unfassbaren Geistesgründen.

Dazu bist du berufen, alles, was du darstellst, aufs Entschiedenste, Tiefgründigste und Radikalste auszuloten. Ich sehe dich wie einer, der noch mit verbundnen Augen sich durchs Leben stösst und fuchtelt und mit vielem hadert, was ihm Wunden schlägt und auf ihm lastet, anspruchsvoll und fordernd, silbenschwer. Das ist, um dich im Lebenskampf zu stählen und dir Meine Macht bewusst zu machen überall, wo Grosses sich ereignet und Lösungen voll Nerv und Tapferkeit gesucht sind.

Als Magnat für Meine Sache will Ich dich und deine Brüder sehn im Geistraum, den Ich dir erschliesse. Dem Handeln fliegt der sprossende Gedanke, wie ein Falke, kühn voran und entfacht Begeisterung für deine Werke, allesamt in Mir gerundet und getan.

Gehst du aus, so sag Ich: Bleibe doch in Mir und verrichte, was du musst unter Meiner gütestrahlenden Ägide. Sicher wirst du's nicht bereuen, denn die Freundeshand, die Ich dir biete, ist so warm und schmiegsam, lauter und potent, wie keine andere und führt dich unfehlbar durch die skurrilsten und bedauerlichsten Zeiten.

Mach dir nichts vor, um deinen Eigennutz zu übertünchen. Vor Mir ist alles offenbar, was du im Schilde führst und so fällt es Mir leicht, dich deiner Fehler und Versäumnisse zu überführen. Was immer du in Szene setzest sei bestimmt, dem Höchsten zu gefallen und das Menschliche dem Götterlichten anzugleichen. Immer ist es eine wohlerwogne und bewusste Heldentat, die Frieden schafft und Trost und Fortschritt ganz in Meinem Sinne, um das Gottesreich zu stärken und zu weiten, Meinem wunderbar erhabnen Sternkreis zu. Denn allwo Ich Bin, sind alle Krämpfe, Kämpfe und Verspannungen aufs Trefflichste gelöst, und in der Zartheit des Empfindens herrscht die Freude über das Erreichte und die Gottesfreundschaft, die daraus ersteht. Bist auch du, so trägt dich das beseelte Wunder reinen Seins unendlich liebevoll und würdig weiter ins Unendliche, wo alles eins und einig ist, geläutert und glückselig, sternklar und bewusst in Mir.

2.14
Arrangements im Sektor Esoterik sind dir dringend anzuraten, denn sie fördern dein Bewusstsein von dem, was da ist und was dich wahrhaft höher bringt dem reinen Sein in Mir entgegen. Kaum zu glauben ist, wie viele Lebensströme während Generationen recht eigentlich im Sand verlaufen und damit für Meine Zwecke als verschüttet und verschroben gelten. Du aber bist, wie jedermann, dazu berufen, dich dem grossen Strom anheimzugeben, der sich vom Hiersein majestätisch ins Unendliche ergiesst, wie in den Ozean der Seinsglückseligkeit, in der Ich Bin, in Selbstbewusstheit, Grazie des Himmels und bedeutungsvoller Geisteshöh.

Das grandiose Faktum ist, dass alle, die sich ganz in Mich verlieren, gerade damit ihres Eigenwertes Wohlklang, Sagenhaftigkeit und Würde finden, als in Mir und Meinem Arsenal von geistesmütterlichen Kräften, die das Ganze nähren und ihm gut sind offenbar.

Nun gilt es für dich, alle Hebel in Bewegung und bewusste Rührigkeit zu setzen, um dein immanentes Lebensziel mit Anmut und Bravour, gestählter Sinnkraft und bewundernswertem Einsatz zu erreichen. Stilvoll und gediegen sollen deine Züge Schlag um Schlag und wohl mit manchem Bauernopfer sein, damit Ich Mich mit dem zufrieden finden kann, was du zu leisten dich erbotest im bewussten Hinblick auf die nächste Inkarnation.

Ist es nun soweit, so soll auch alles das gedeihen, was in deines Schicksals Fibel eingeschrieben steht und zwar nach deines guten Willens Diktion und Meinem überragenden Begleiten. Du kommst und gehst und bist doch immerzu in Mir aufs Trefflichste, unsterblichen Geblüts, geborgen.

Bekennst du dich zu dieser Meiner Attitüde allen Seins und Strebens, siehst du dich allwie der Prinz im Märchen oder die Prinzessin von der Fee verzaubert in ein Dasein des glückseligen Verweilens im Elysium. Keiner Not gewahr und aller Günste des Gerechten inne, traust du dich mit Ihm getrost und heiter in den ewigen Freudentag hineinzuleben, welcher dir beschieden ist und angesundet, schlicht und zärtlich, wohlgemut, entzückend, weise und grazil von Mir.

2.15
Nocturne auf den Wogen der glückseligen Beschaulichkeit und Herzensgüte, mit denen Ich im Zuge des In-Meine-Welt-Erwachens auf allerbestem Fusse steh. Friedefertigkeit heisst die Parole, die Mich im Augenblick beseelt und Ruhe bringt ins nächtige Erleben. Nur Wachsein in Gedankenlosigkeit und linder Allegrie, nichts weiter, ist die Quintessenz und Kuppe Meines Strebens nach dem reinen Sein, in das Ich Mich bis zur glückseligen Einigkeit mit ihm vertiefe.

Was Bin Ich nun, was war Ich und was werde Ich für immer sein in Meinem Mich-Begründen? Die vollbewusste Gegenwart des Ewigen, von dem die Stämme Israels und aller Völker ausgehn, genauso wie die Himmelsleuchten, die mit ihrem Drive die Grenzen Meines Reiches ins Unendliche erweitern ohne Wiederkehr. Was ist Götterlicht und Strahlen, wenn nicht die Seinspräsenz in allen Dingen, Manifesten und Verwirklichungen überall in Mir. Intenses Lauschen bringt dich in die Lage, Meinen Standpunkt, Duktus, Altruismus, Masterplan und Wirkstoff bestens zu begreifen. Seinsdynamik herrscht, wo immer Ich den Götterblick zu Mir erhebe, kerngesundes Walten überall, wo Ich Mich inszeniere.

Dein Erdenrundes dreht sich sachte Meinem Lichte zu. Der Dämmer eines neuen Tages gleitet sanft und seelenvoll heran und weitet sich zur feierlichen Pracht der Sonnenliturgie.

2.16

Bestens unterwiesen und bewiesen Bin Ich Mir in allem, was da ist und ist in Mir gediehen in der Unendlichkeiten mütterlichem Schoss. Was Ich immer schon betonte, ist die grandiose Unabhängigkeit, in der Ich Meine Wirklichkeit und Meinen Wert verspiele. Vorsicht ist geboten, wo Brände leidenschaftlicher Begier bestehn. Sie dürfen von Mir weder animiert, noch ausgetrocknet werden, bis sie sich in eigener Regie zur Ruh gelegt und damit ihres Unsinns Gaukelei verloren haben.

Wo wahre Not am Mann ist, pack Ich indes sogleich an und heile, weile, reguliere und markiere unaufhörlich, bis die Kräfte, Säfte und Solvenzen wieder in den rechten Bahnen fliessen.

Was Mein Innerstes betrifft, enthalte Ich Mich jeglicher Nervosität und aller Turbulenzen, welche das Gemüt erregen und dem Anspruch schädlich sind, den Ich an Meine Sattelfestigkeit und Bonität, Mein Mit-Mir-Einigsein und Meine Geisteswürde stelle. So arrangiert sich alles haargenau nach Meinen seinsbegnadeten Intentionen und findet in Mir seine Wohlfahrt und sein Equilibrium, sein

Plansoll und sein überragendes Final im fürstlichsten Gepränge, wie im sagenhaft gesitteten In-Mir-Beruhn.

2.17
Dein Zyklus ist bei Mir ein wunderbar gefälliges Mich-selbst-Ertragen, eine Gottesscharte, die Ich dauernd auszuwetzen habe. Das klingt wie Hohn auf deine gloriosen Fähigkeiten und von Mir bewunderten Versuche, dich im Leben zu behaupten und am Ende mehr zu sein, als du am Anfang warst.

Was bleibt von alledem, das du errungen, in der Blüte deiner Zeit? Nichts weiter, als ein Groschenhaufen, eine bald verblasste Reputation und, wenn es gut geht, ein paar Tränen, die von echter Liebe einer vielverbundnen Seele zeugen. So sieht es eine Welt, wo Äusserliches gilt, im weitverzweigten Sein und Streben.

2.18
Glanz und Glorie in Mir seit Urbeginnen, lächelnde Gewissheit, dass Ich Bin der Erstgeborene des Überschauens Meiner Situation im grandiosen Weltgetriebe. Sprossen treibend, Liebliches gestaltend und Unendlichem geweiht, gewahre und geniesse Ich Mein Sein in seelenvollen Zügen. Meine immanenten Werte harren hier auf ihren Einsatz in den Universenräumen, angeleinten Hunden gleich, die sich in der Begierde nach der Jagd verzehren.

Alles kommt und geht, erscheint und schwindet nach dem Wohlklang Meines meisterlichen Seinsbefehls und windet sich in Wehen bis zum Zeitpunkt der Geburt ins Ewige, dem Ich Gevatter und Bewahrer Bin in Pracht und Herrlichkeit in Meinen Geisteshöhn, die die erlesne Stätte Meines Bleibens sind seit Urgedenken.

Wandle deinen Sinn, vertrau Ich dir begeistert an und spüre Meine Inspiration, dich zur Erkenntnis des Unendlichen zu führen. Halt im Heiteren, Sensibilität im Gottempfinden sollst du dir mit makellosem Einsatz anerziehn. Es gilt Gelassenheit, Gutmütigkeit und Genialität des Himmels zu erreichen in jedwelcher Motion, die deinem Sinn entspringt und sich verbreitet und vertieft, dem Universensein zu Ehren.

Du hältst die Trümpfe all in deinen Händen, die ein überragendes Geschehn bewirken können. Nur brauchst du sie geschwind und variationenreich in Meinem Namen auszugeben, dass sie wirksam werden in der Gunst der Stunde, wie in der Geruhsamkeit des Zeitenlosen, die dir innewohnt von Mir.

So geschieht's, dass jede Diktion aus Meiner Herzensmitte ungesäumt auch deine anrührt und zum Schwingen, Singen und Bestätigen des Wunderbaren bringt, das alle sind, die in Mir ihren Zirkel, ihre Wohnstatt und Bastei, ihr Reich und richtungweisendes Dominium aufgeschlagen.

Mein eloquentes Tun ist ein beständig Trachten nach der Fülle reinen Friedens im Allhier, das Ich mit Meinem Sein aufs Trefflichste bediene. Losgelöst von allen Zwängereien und Befürchtungen beherrsche Ich, was Ich Mir Bin, in seinsvollendeter Genügsamkeit und Glorie, die nur dem Allerhöchsten zusteht auch in dir. Es geht nicht an, dass du dich separierst von Meinen götterlichten und gewaltigen Intensionen, die so gut, als wie durch Mich, auch durch dein Zutun unbedingt verwirklicht werden. Mein Wille ist der Deine, ebenso wie deiner noch der Meine ist in jeder Ferne, jeder Näh, die du dir, von Mir, ausbedungen.

Ausgeschwungen sei, was hier zum Zuge des Erwähnens kam. Unendliches In-Mir-Beruhn ist angesagt und namenlose Wonne des Gerechtseins an Mir selbst im Ewigen, das Ich Mir Bin und das in gläubigem Erwarten auch dir zugehören soll in der unendlich seinsbeglückenden Manier und Meisterschaft der Göttersphären.

2.19
Mach dir nichts aus deinen Träumen, bevor sie fest in Mir verankert sind und fähig, das Allwirkliche aus Herzensgrund zu loben. Ich bestimme, was geschieht und Meine Regelkraft facht an und dämmt, um aus den seinsnatürlichen Gegebenheiten stets das Optimum herauszuholen.

Bist du einer von den Angepassten, die sich mit dem Massenstrom ins jenseits aller tätigen Vernunft, Serenität und Wachheit treiben lassen? Oder kann Ich auf dich zählen als ein Individuum, das etwas auf sich hält und sich in nimmermüdem Suchen, Selbstbewähren und Markieren höhwärts hangelt, Meiner Absolutheit, Tüchtigkeit und Seriosität entgegen?

In jenen, die sich nicht vor Knochenarbeit, Kulmination und Katastrophen scheuen, kann Ich Meiner Wirksamkeit Natur verankern und damit die Probe aufs Exempel statuieren, dass Ich noch, in jedem seiend, Meines Willens Wohllaut, Fabel und Gediegenheit vollzieh. Nur sei es, dass er seiner Eigenwilligkeit und Tücke abschwört und in Meiner völlig aufgeht im Gewind der Erdentage.

Das ist jetzt, wie immer, Meine glückverheissende Parole, dass du als ein Schimmer Meines Strahlens siegessicher und salut einhergehst und das Firmament der Hoffnung darstellst für die Vielen, die ein Höheres und Heitereres suchen.

    Ich will dir wohl im selben Masse, wie du allen Wohlverstand und Güte, Herzlichkeit und Generosität entgegenbringst, die dir im Lebenslauf begegnen und damit unweigerlich an deinem rühren. Immer musst du dich entscheiden so und so, und hast du Zweifel, welchen Weg du gehen sollst, mach Ich dir Beine, dass du Meiner Pfade dich bedienst, um an ein nonchalantes und gefälliges Ziel und zartes Ende zu gelangen. Ein scharfer Zwick zuzeiten kann dir nimmer schaden, wenn er dich zur spontanen Einsicht bringt, was wirklich und wahrhaftig noch zu tun ist in der Schau, auf was du Bist und was Ich Bin in dir und deinem bodenständigen Gestikulieren. Wohlverstand in Mir und Meinem Duktus sollst du dir erringen und dich so befreien von dem albernen Geschwätz der fluktuierenden Gedanken, die da die Versucher sind zu Unbekömmlichem und Unwahrhaftigem in deinem Leben. Mache auf und zu, so wie Ich es dir befehle und versäume niemals, das Bewusstsein Meiner Gegenwart in deinem Vorwärtsdrängen aufrecht zu erhalten. Denn was in dir drängelt und dosiert, verachtet und verehrt, Bin Ich mit Meinen grandiosen Seinsbezügen, wie mit der All-Macht und All-Güte, die Mir eigen. Du magst dich bass verwundern, wenn du plötzlich mehr zu leisten und verrichten fähig bist, als du dir je zu träumen wagtest. Dann hat Mein Blitz und Resumee, Katalysator und Gewinst in dich geschlagen. Wenn das nicht der Rede wert ist, kann dir nimmermehr geholfen werden, Mein thomistischer Gespan. Ich nenne dich "Mein Wort" und will dich als Mein Sinnbild, Mein Verlies und Meine Stütze kennen in der Weltmanege Mutwill und Malheur.

So reisen wir zusammen Meinen Strahlensternen zu und weiten das Bewusstsein bis zum Dialog mit ihnen und den geisterfüllten Kolonien, die sie wunderbarerweis bewohnen. Echtes Königtum ist weise in den Sphären reinen Seins und seelenvollen Wirkens, als im Seligen und Makellosen, dem Ich Wegbereiter und Erfüller Bin, ob allem seinsbedingten Jeminee.

Sieh an: Ich Bin und lass dich sein, so wie du's immer willst mit deinen fluktuierenden Ambitionen. Einmal wirst du dann erkennen, dass es nur das Eine gibt in seinsgeschwisterlichem Fügen, das sich selber ehrt in allem, was da ist und der Glückseligkeit und Wohlgeborgenheit entgegenstrebt im Wunderbaren.

2.20

Für Augenblicke lass Mich in dir leise und bestimmt vom Leben reden. Weide dich an dem, was Ich dir sage und bewahre es in deines Seinsbewusstseins Tiefen, um es in besonderen Momenten wieder zur Erbauung deiner selbst hervorzuholen.

Bei Licht besehn, sind Meine frisch gebackenen Traktate und Ermahnungen auf's Beste dazu angetan, dich in den Himmel der Erkenntnis deines Wesenseins zu führen, licht und schön. Es gilt, in dir die Kräfte der Entsagung, wie der Akquisition von Novitäten zu erwecken, was bedeutet, dass du, vorwärtsschreitend, dich der Mitte Meines Reiches näherst mit Gewinn für dich und Mich im Aneinander-sich-Gewöhnen.

Halte du für heilig, was du Bist in Mir und Meiner seligmachenden Gebärde der All-Güte, die die Menschenherzen höher schlagen lässt und sie befähigt, wahrhaft gut zu sein in ihren hoheitsvollen Taten.

Was Mich Überwindung kostet, ist das ständige und penetrante Wiederholen Meiner Glaubenssätze, die so wenig fruchten in den lässigen Gemütern um Mich her. Sie vergnügen sich mit Angebinden, die Ich längst durchschaut und hinter Mir gelassen habe.

"Es weht ein Gotteswind durch Meine Zügellosigkeit", sollst du dir allen Ernstes sagen und dich präzise nach dem richten, was aus ihm hervorgeht, um dein Heil und deine Heiligung, dein Wohlgefühl und deine Wohlfahrt zu begründen. Es ist ja alles, was von Mir kommt, dazu angetan dir neue Werte zu verleihen und die Schalgewordnen auszurotten, radikal mit Stumpf und Stiel. Was Ich Mir Bin, sollst du in wohlgesitteter Manier auch werden. Verhalte dich wie einer, der gewohnt ist auf der Klaviatur des Seins subtil und meisterlich zu fantasieren. Da gilt es, die Nuancen einer genialen Komposition dem Instrument aufs Exquisiteste und Feinste mitzuteilen, dass die Hörerschaft vollkommen fasziniert und tief ergriffen dem brillanten Spiele lauscht und sich darauf in wahren Lobgesängen äussert über das Gehörte. So soll auch das von Mir Betonte und mit Anmut Vorgetragene in deiner Seele Wirkung zeigen und dein Bewusstsein mählich stimulieren, wahrer Menschengöttlichkeit entgegen. Ich halte dich für klug genug, den ewigen Wert der Dinge einzusehn, die Ich dir liebevoll vor Augen halte, damit du deines Schreitens Richtung und Brisanz nach Meiner Seinsart generierst und so zu dem gesundest, was Ich meisterschaftliche Gefolgschaft nenne in der Lebenszeiten Los.

Dann wirst du Meiner Gärten Zierde sein im Aufblühn zu der himmlischen Gerechtigkeit am

Sein, das allen wahre Würde, Wonne und Beseligung verleiht, von Mir getestet und geführt, befeuert und befriedet, ausgebracht und eingefahren jetzt und immerdar im Wunderbaren.

2.21
Ich mache Mir kein Hehl daraus gutgewillt und offen zuzugeben, dass Meine Gegenwart im Geistraum von Glückseligkeit und Makellosigkeit geprägt ist, die Mich, was immer auch geschieht, in Unberührtheit, schöpferischem Wohlverstand und heiterem Beschauen Meines Seins verweilen lassen. So kommt es, dass Ich Mich auch in der menschenweltlichen Affäre, die Mir unbedingt am Herzen liegt, nach Frieden, Freiheit, Heiterkeit und Gleichmut der Gerechten sehne. Das ist Meines, wie auch deines Hierseins Situation in bewusstem oder unbewusstem Dich-Erleben. Was das Deine anbetrifft, muss Ich allerdings von Unbewusstheit reden in Bezug auf das All-Geistige, das ist und dessen Zeuge Ich Mir Bin in der Unendlichkeit der Göttersphären. Ich nähre dir beharrlich und bewusst den Sinn für Überirdisches, um dich behutsam, liebevoll und überzeugend aus den Gemarkungen der Lebenswelt und in des Seins beglückende, berückende und myriadenfältige Unendlichkeit zu führen.

2.22
Weihe an Mich selbst ist jedes Wort, das Ich dir offnen Herzens ins Gewissen trage. Deine Augen wird ein wunderschönes Leuchten überkommen, wenn du das verstehst, was Mir zutiefst geläufig ist im seinsgeschwisterlichen Spiel. Da heisst es haargenau: was Mich bewegt muss dich genauso

stürmisch oder liebenswert bewegen. Was deine Pläne sind, fügt sich allwie im myriadenschweren Puzzle wunderbar in Meine Weltenpläne ein, zu deinem, wie zu Meinem strahlenden Entzücken. So gesehen ist dann alles, was geschieht und noch geschehen wird, vollkommen an Mein sakrosanktes Wort gebunden und erklärt sich aus sich selbst im langen Atem, den Ich ihm verliehen habe.

Gehst du nun aus dir hinaus, geh Ich mit dir und unterstreiche, was du Bist, mit Meines Beistands segnender Gebärde. Das wiegelt dich in Mir zum Auferstehen in die Herrlichkeit Elysiens und die Seinsgefälligkeit der Geistessphären.

3
Du wirst Meiner Gärten Zierde sein

3.1

Beliebig viele Worte nacheinander aufgereiht ergeben lang noch keinen Sinn. Nur das Geordnete vermag mit dem, was es verspricht, zu überzeugen. Da kommt auch Meine Wissenschaft zum Zug: Proportionen sind zu schaffen, Wohlgesänge sprachlicher Natur und unverwechselbar gebildete Nuancen, die dem Kenner, ohne weiteres, den Namen des Genies verraten.

Meinen Namen kennst du wohl, indem du alles, was du vor dir siehst, als Ausdruck Meines Wesens und gestalterischen Flairs interpretierst. In hunderttausend Variationen stelle Ich Mich dar als der Gesegnete des Seins und Ausbund Meiner Siegestaten.

Allem Genialen muss ein Tätiger gekonnt und zielbewusst vorangehn, wenn das Werk Beachtung und Bewunderung erzeugen soll. So auch hier in Weltzusammenhängen, deren Vielfalt, Raffinesse, Sinngehalt und klare Diktion von keinem Erdenmächtigen nur im Geringsten nachgebildet werden kann, es sei denn, er bediene sich als Basis seiner Aktionen Meiner Wirklichkeiten, die im Überall gastieren.

Welche Wehmut mag dich packen, wenn du einsiehst, wie unfähig du im Grund genommen bist und wie viel überirdisches Genie in dir agieren muss, damit du was Vernünftiges zustande bringst in deinem Vinkulieren und Rotieren, Purzelbäume schlagen und Dich-als-der-grandiose-Sieger-Präsentieren in der Zeiten Zuversicht und Wohl.

Merklich kleiner wirst du, wenn du das Geschiebe Meiner wundertätigen Gedanken ortest und daraus deine Schlüsse ziehst fürs Leben. Immer Bin Ich dir unendlich weit voraus in Meiner Inbrunst zu kreieren und gebären, neue Werte und Verbindungen zu schaffen und dem allen Meine Krone aufzusetzen mit dem Schöpferwort, Ich Bin. Alles Weitere ist nur von diesem seelenvoll und silbenprächtig, sakrosankt und majestätisch ausgegangen, so auch du in deiner Einfalt etwas sein zu wollen, was du gar nicht sein kannst. Denn alles, was du Bist, Bin Ich in dir und deinen Werten, Adelstiteln und Agglomerationen, ganz zu schweigen von den Genialitäten, die du dir fein säuberlich zugutehältst in deinem Wähnen. Einsicht tut dir Not und Seinsvertrauen, um dein Irresein zu korrigieren und um Mich an deine Stelle und Verbindlichkeit, Gewandtheit und Phobie zu setzen. Tust du dies, fällt aller Lebenskummer von dir ab und du darfst dich Getrösteter und In-sich-selbst-Beglückter nennen, als in Mir und Meiner Seinsbewusstheit, Meiner wohlgelungenen Katharsis, Meisterschaft, Regie, wie Meinem wonnevollen Liebesstrahlen.

3.2
    Mondscheinfahrten sind genauso Meine ganz private Sache, wie die Gottesfreundschaft, die Ich mit dir pflege. Ich bestimme haargenau wohin es geht am Himmel des gerechten Auslaufs und definiere auch, mit welchen hocherhabnen Geistern dies geschehen soll im Raumesleuchten. Unendlich weise Selbstgespräche führend fasse Ich Mich in Mir selbst zusammen und erkläre Mich als der Kreator aller weltenzüngelnden Gedanken, die da sind und sich als eigenständige Konstrukte gegenwärtig wähnen.
    So auch du im Erdensausen glaubst, in Eigenbrötelei versinkend, eine fabelhafte Entität zu sein, derweil dein glorioses Metier darin besteht, an Meinem Gängelband durch die Alleen, Avenues und rustikalen Gassen zu spazieren, die Ich deiner Selbstgefälligkeit bereitet habe. Da braucht es noch

ein schönes Stück Erkenntnisarbeit deinerseits, bis du dir vollbewusst bist, wie die Dinge in der Gotteswirklichkeit und seiner Geistschau liegen.

Ich Bin das Einzige das ist, geruht das Sein von sich zu sagen und erkläre Mich der Fülle aller Weltgedanken aufs Intimste zugetan. Das heisst nun, dass die Weltendinge sich in einem einzigartigen Konzept zusammenfinden in der Einheit Meiner selbst und der Betrachtung Meiner seelenvollen und gedankenträchtigen Aktivitäten.

Ohne Zweifel gibt es nur ein Denk- und Fühlvermögen in des Universums Qualität und Supervision. Womit sich auch erklärt, weshalb die Massen so viel Gleichgesinntheit in der Vielfalt offenbaren.

Werten, Wogen, Walten und Erhalten ist in allem Meine Disziplin, die bestimmt, wie sich die Dinge weiter zu entfalten haben, Meiner Regsamkeit gemäss, wie Meinem Geistgefälligen und wunderbar Beglückenden In-Mir-und-Meiner-All-Ge-schwisterschaft-Beruhn.

3.3
Dem Herrn der Welten sind die Lebensdinge nicht egal. Was der Vollendung nicht genügt, bewegt ihn dazu, sich herzinnig für sein Heil und seine Wohlfahrt zu verwenden. Von hoher Warte aus bediene Ich Mein Volk mit gütestrahlenden Gedanken, die ihm Selbstvertrauen und Verträglichkeit, Moralität und Dankbarkeit verleihen.

Im Ganzen ist Mir jeder Stern ein köstliches Juwel in Meiner Krone, eine Zierde Meines Hauptes von erlesner Qualität und von erwiesen weltgeschichtlichem Bedeuten. Das macht den Kosmos wahrhaft gross und - grandios auch dein Bewusstseins Attitüde, alles zu umfassen, was da ist und allem einen Seinsbegriff und einen Namen zu verleihen.

Es ist das Alphabet der Hoffnung auf die Helfer von dort oben, das dich dazu führt, ihrem Gegenwärtigsein Gestalt und Wirkung zuzuschreiben und sie zu verehren als die eigentlichen Fürsten und Verwalter einer Geisteswelt von Gottes eminenten Gnaden. Sie senden himmelstrebende Gedanken gradewegs ins Paradies und offenbaren dir die Schönheit und Gewandtheit Seiner Züge.

Lässest du dich gehn, geht alles unbemerkt verloren. Doch im Zusammennehmen wirst du's wieder finden und dem Seelenauge das Entzücken über das Gewonnene bereiten, siebenzart und makellos. Achtung vor dir selber setzt dich in die Lage Lust am Leben zu gewinnen und den Tross deiner Talente zügig für die Wohlfahrt und den Fortschritt deiner Welt, wie Meiner, einzusetzen. Immer paarweis treten wir der Unbill und Gewissenlosigkeit der Zeit entgegen und können so Erfolge noch und noch für uns verbuchen. Gewitterstürme sind für uns das Milieu für gloriose Taten. Sie animieren uns dazu, das zu vollbringen, was wir unter Windessäuseln niemals fertig brächten.

Schiffe dich in Meinen Hafen, ruf Ich dir vernehmlich zu und baue nur auf Mich, der Ich dir alles Bin, was Not tut und was weiterführt im Wandel der Gezeiten.

Ein zuversichtlich Lächeln kostet dich nicht viel und facht die Freude an, weit über allem Soll und Haben. Es verbindet dich mit Mir, womit du sanft und selig in ein Seinsgewissen gleitest von Erhabenheit und himmlischer Gewähr, von Gottesmilde und Genügsamkeit, wie von der Pracht Elysiens in deines Aufschwungs Wonne und Gedeihen.

3.4

Standard ist nicht nützlich, wenn es darum geht, dich als Krone und Kopernikus der Schöpfung aufzuspielen. Sonderlich gescheit willst du Mir nicht erscheinen, wenn Ich dein Ächzen unter Lebenslasten und die Kette deiner schimpflichen Verfehlungen betrachte, die du Tag für Tag in deinem Eigensinn begehst. Die Menschheit ist als Ganzes in den Blick zu nehmen, weil sie doch nur nach dem Prinzip der Gegenseitigkeit florieren und zur seligen Vollendung reifen kann. Aktion allein genügt nicht, um zum anvisierten Ziel zu kommen. Es muss in dir das ruhig Strahlende erkannt und ausgeweitet werden, damit es helle wird in den allmenschlichen Gemütern.

Hier gebe Ich die Richtung vor, in der geforscht und Terrain gutgemacht, Antiken ausgegraben und Neues von der Geistwelt abgelesen und erfahren werden kann. Der Selbstwert und die Selbsterkenntnis jedes einzelnen wird in der Meditation, auf was er ist bedeutend angehoben und verklärt sich schliesslich in der jubelnden Erkenntnis, dass es nur das Eine wirklich gibt und das Bin Ich, das Sein in allem unerschöpflich, makellos, geistvoll, glückselig und dem Glanz der Ewigkeit verschrieben.

Sag täglich tausendmal "Ich Bin" zu dir und halte dich damit im Seinsbewusstsein, das Ich so entschieden, feurig und begeisternd propagiere. Deine Ansicht von der Welt und von dir selbst wird sich damit gehörig ändern und du wirst in Mir ein freudig und genüsslich Leben führen. Horch in dich hinein und du wirst Weltgedanken hören. Horch in die Welt und dein Erkennen findet dich in der Unendlichkeit und Zartheit, Liebenswürdigkeit und Weisheit, die dir wie Mir zu eigen. Gottes Inbegriff von Stärke, Toleranz, Wahrhaftigkeit und Liebe offenbart sich hier.

3.5
Will einer wissen, wer er ist, so muss er füglich Mich befragen. Bei Mir ist Sitte, dass man anklopft mit Gedankenkraft und dass man höchst bescheiden wartet, bis Ich mit dem rechten Ausdruck in Erscheinung trete. So sage Ich: Was du dir Bist, ist in den Sternenraum geschrieben, als ein gültig Vorbild für dein Handeln, Wandeln und Bestehn. Hast du dies begriffen, wirst du als ein götterlichtes Wesen über dieser Erde Fluren schreiten und als ein Gottgesegneter der Menschenwelt den Weg ins Paradies bereiten.

Was sind nun des Elysiums Kategorien in der festlichen Begründung, die Ich dir vor Augen halte? Das Bewusstsein, dass du Bist, wie die Gewissheit, dass dein Sein unsterblich ist, ununterscheidbar und voll Grazie in Meins gegossen, das da ist allüberall in Geistessphären.

Beharrlichkeit im Wandel, Gutmütigkeit in arger Missgunst und Holdseligkeit in Gottesminne Bin Ich auch in dir, solang du als ein Seinsverklärter tapfer zu Mir stehst und, was Ich in dir Bin, verwaltest, als ein gütestrahlendes Juwel.

Es folgen sich die Lebenstage, so als wäre mit dir nichts geschehn und dennoch lebst du fortan in glückseliger Versunkenheit, Bewusstheit, Heiterkeit und Harmonie in Mir.

3.6
Wer ist würdig Meine Füsse zu küssen, derweil Ich sanft und würdevoll an ihm vorübergeh? Der Mich erkannt hat, als das unteilbare, unver-

wandelbare Sein der Welten, das in allem west und wirkt und ist in unzählbaren Variationen. Bist du es nicht, so musst du's werden. Denn Ich will, dass deine Niedrigkeit voll Liebe Zoll um Zoll erhöht wird, bis du endlich auch an Mich heranreichst in der Nützlichkeit und Wohlfahrt deiner Tage.

Anders kann es nimmer sein, denn in jedem Wesen und Geviert Bin Ich es, der der Auferstehung harrt, ins bewusste Mich-Erleben als das All-Umfassende, All-Gütige und Unvergängliche, das meistert, was ihm angehört und minimiert, was sich in Blindheit von ihm weggestossen.

Deswegen trachte du im Herzen gut und gläubig, wachsam und dezent zu sein, damit der Wahrspruch sich erfülle, dass du Bist und es mit jedem noch so Löwenköpfigen und Fürchterlichen aufnimmst im gerechten Kampfe um die Herrschaft über dich und dein geliebtes Lebensreich im Unvermittelbaren.

3.7

Schau hieher wo Ich Mir Bin und Meine Züge im Unendlichen sich verlieren. Die Geisteswachheit habe Ich erfunden und den Sinn, sie freudestrahlend auch zu sehn. Alle Mittel sind Mir wohlbekannt und bei Mir bestens aufgehoben, die Mich wunderbarerweis das Ganze schauen lassen in der Wogenei, Wahrhaftigkeit und Würde seines Brütens.

Bist du clever, siehst du ein, wie meisterlich Mein Sein agiert, um das Geschaffene im rechten Winkel und Salut zu halten, fern jeder starren Ideologie und locker, wie die Taschenspieler, die dem Publikum den vielbegehrten Augenschmaus bereiten.

Lasse los und sei, will Ich dir damit sagen und verkünde dir das Heil der Welt, das dir im Zustand des Entzückens inniglich geschieht. Du wirkst und weisst, es ist in Mir getan und lässest alles andre fahren, als in Meiner Diktion und Donnerkraft, die Weltenwirklichkeit erschafft und niederreisst im selben grandiosen Zuge.

Kraft von Kraft Bin Ich und Wohlerwogenheit in einem Ausmass, das kein Auge je gesehn und keine Nase je gerochen, generationenlang und breit im Wunder Meiner Siegestaten. Ich will Mir nicht verhehlen, dass die Kompetenz, der Sachverstand und die Geschliffenheit, mit denen Ich agiere, überragende Gewinste sind, die Ich Mir freien Sinns und feierlichen Wohlverstands erworben habe.

Wer nach Mir trachtet, wird bald einsehn, dass da auch das Liebliche und Liebenswerte mit im Spiel ist, das Mich dazu anhält, Wallung des Gemüts zu proben und Werte zu erschaffen, die weit über den Gefilden barer Nützlichkeit und pekinärem Schimmer liegen.

Ich weide Mich an dem, was Mir zu schaffen einfiel und weide Mich damit aufs Wohlbekömmlichste auch an Mir selbst, der Ich Mir alles Bin, was ist und der Ich Bin bewusst und heiter, aufgeräumt und tatenfroh in Meine siebenfache Wohlfahrt eingezogen.

3.8
Libera me domine, hör Ich Mein Inneres flehend rufen. Katharsis Meiner selbst ist unbedingt vonnöten um Gewinn aus Meines Daseins Dürftigkeit und Doppelsinnigkeit zu ziehn. Nicht anders kann Ich Mir behelfen, als mit majestätisch dargelegten Aufbauplänen und Verwirklichungen, um aus dem Schlendrian hinauszukommen, der Mein Welt- und Menschensein ergriffen hat im Nu. Nicht zimperlich Bin Ich in dem, was Ich von Mir

verlange in der Tage Fluss und Strahl, damit das Nützliche getan wird in gekonntem Wagen.

Apport ruft der wendige Besitzer seinem Rassetier entgegen. Apport rufe Ich Mir selber zu, wenn es darum geht, ein würdig Werk voll Eifer zu vollenden.

3.9

Einheit will sich teilen, Liebe will verschenken und der Beschenkte fühlt sich liebevoll zum Einen hingezogen. Das ist Meine allergründlichste Philosophie, die Ich in allem, was Ich Bin, voll Ethik und Dynamik zu verwirklichen begehre. Dass Ich vor Mir selber Mich verberge, ist der Feingestimmtheit, Geistigkeit und Güte Meines Wesens zuzuschreiben, denn Ich will die nach Mir strebenden Geschöpfe ihrer Unvollkommenheiten wegen nicht blamieren. Schritt um Schritt sich selbst erkennend werden sie mit Mir bekannt, der Ich voll Barmherzigkeit und Makellosigkeit in ihnen throne, genauso wie in dir. Und Meine allergrösste Sorge ist es, dich und deinesgleichen wieder zu Mir heimzuführen. Hast du das begriffen, verhilfst du dir und Mir, mit allen Mitteln, zum Erfolg in Sachen Selbsterkenntnis, wie auch Gotterkenntnis in holdseliger Manier.

Nicht Meines so geringen Ich's Vereinzelung soll künftig Geltung haben, denke dir, indem du dich dem Welten-Ich verbündest und in ihm die Wonne spürst, die vom Erhabenen und Sakrosankten ausgeht im unendlich liebevollen Allumfangen.

Ohne Zweifel ist damit die Zukunft deines Seins und Wirkens wagemutig, edel, wirkungsvoll und wunderschön. Es stimmen deine Ziele mit den Meinen haargenau und allgewaltig überein, um eine Welt des Herzensfriedens, der Beschaulichkeit und

Mustergültigkeit im Grossen, wie im Kleinen, zu kreieren. Siehst du dich in dieser Perspektive schreitend Vorwärtsgehn, begleiten dich die Geister der Glückseligkeit und Wonne, Zuversicht, Gottseligkeit und Güte, als von Mir gewonnen und gesponnen, auserlesen und erwählt im Sinn des Seins, das Ich Mir Bin und das du Bist im Universenbogen.

3.10
Dieser oder jener Art kann der, von Mir gesetzte, Ursprung sein, weil Ich die Freiheit des Entscheidens in Mir trage. In unberührter Frische segelt jeder sprossende Gedanke federleicht dahin, um sich Mir darzustellen, als ein Wirkliches und Wirkendes im Universenraum, den Ich beschreibe.

Nur Ich Bin wirklich frei im Tun und Lassen, was Ich will. Denn alles ist an Mich gebunden und ist Ausdruck Meiner weltenschaffenden Gebärde im erhabnen Götterspiel. Durch das Mittel der beschränkten Lebensdauer halt Ich das Lebendige im Griff der tausend Variationen und bewirke Abbruch oder Aufschub nach Belieben auch in dir. Siehe, selbst im weissen Kittel handle Ich und verwandle Lust in Leid und Leid in Lust am Leben.

Du magst dir denken, was du willst, doch immer Bin Ich es, der da überlegend Überlegenheit beweist in deinen Runden. Als Fazit der Geschichte deut Ich dir, du sollst in deinem umfangreichen Habitus und Gestus ständig Mich erkennen, als der Waltende Patron. Nun gut, es wird sich dir bald zeigen, wie geschickt und genial Ich alles arrangiert und aufgepäppelt habe in der Zeiten Widerspenstigkeit und Gloriole. Wo Ich wahrhaft Bin, erglänzt die Welt in Tugend und Wahrhaftigkeit, in Edelmut und Liebe zu dem Nächsten, indem sie in sich selber sich vollendet, seinsglückselig und gediegen als in Mir.

3.11

Mit vollendeter Geschmeidigkeit Bin Ich am Werk der grossen Zahlen und Verwirklichungen, licht und lebensfroh. Zwanglos füge Ich das Eine zu dem Anderen in majestätischer Gedankenschärfe, Übersicht und Wachheit, ohne je ein Ende des Verfügens und Mir-selbst-Genügens abzusehn.

Mit jedem einzelnen von Meinen lieb umsorgten Trägern Meiner glänzenden Ideen schliesse Ich den Bund fürs Leben, was da heisst, Ich schliesse Mich ihm an mit unverhohlener Gesprächigkeit in seiner inneren Struktur und mit dem Erfühlen jedes seiner Wünsche, ohne je zu zögern oder ihm auch nur ein Quäntchen davon abzuschlagen.

Was Ich verordne, mutet oft wie Willkür an und wird sich doch, bei aller Strenge des Verfahrens, als ein Bijou der Manierlichkeit und Wohldurchdachtheit präsentieren.

Vernetzung weist auch auf Vereinigung hin. Jeder ist für jeden zu erreichen und zu guter Letzt ist eine Einheit ohnegleichen am Pulsieren. Das Bin Ich in allem, was da ist und sich als das Sein erweist, unfasslich, fasslich und auf keinen Fall von Mir verschieden.

Weisst du nun, was du dir sein kannst, wenn du in die Herzenstiefen gehst, um dort dich selbst in Mir - und Mich in deinem Wesensein zu finden. Im Vereintsein mit dem Höchsten hast du deines Hierseins Heiligung und Ziel gefunden. Deine Werte sind den Meinen gleich geworden und versetzen dich in einen Taumel der Glückseligkeit, der alles übertrifft, was du dir je gewesen. Das Seligsein an sich hat dich erfasst und alles, was du Bist, sieht sich gar liebevoll und zärtlich von der Wonne des Elysiums umfangen. Alle Wünsche, alle Sehnsucht sind gestillt und deines Seins Erhabenheit und Würde, Wohlbekömmlichkeit, All-Weite und Genie sind ganz in Meinem aufgegangen.

3.12

Mein Schatz, ein Satz aus der Gelehrsamkeit von Meinen Gnaden, wiegt hundert Unvollkommenere auf, die lediglich dem menschlichen Genie entstammen. Mein Duktus und Verfahren jedoch fliesst aus götterlichter Quelle, deren Reinheit, Selbstbewusstheit und Maxime nimmer überboten werden kann.

Es erkennt sich in Mir jede aufgeweckte Seele wie in einem Zauberspiegel, der ihr Meines Seins Unendlichkeit entgegenlächelt, als in ihren Gründen fest verankert und zum waltenden Prinzip erhoben. Das bedeutet für dich sagenhafte Unbeschwertheit, Schöpferfreudigkeit und Lieblichkeit des Lebens. Was dir hier geschieht, entspricht genau dem mustergültigen Konzept des Ewigen, das alle menschlichen Bereiche aufs Entschiedenste befruchtet und belebt. Du bist nicht irgendein beliebiges Produkt, doch Meines Seins allherrliches Bewahren, dem nichts beizufügen ist an Genialität, Gewissenhaftigkeit und purem Selbstgewahren. Was Ich immer in der Welt verkünden will, verbreite Ich durch eines Menschen Sinn und Sagen. Das war schon in der Zeit der Seher und Propheten so und ist's bis heute wunderbarerweis geblieben. Denn die grossen Lenker, Förderer und Pastoralbegabten sind von Mir begnadete Beglücker ganzer Nationen in den Sparten Gottvertrauen, Gläubigkeit, Wahrhaftigkeit und seinsnatürlichem Benehmen.

Das sind Dinge, die vor kurzem noch für dich ein Buch mit sieben Siegeln waren. Nun hab Ich dir das erste aufgetan, damit du einen Blick in Meine Art des Unterweisens werfen magst in einer gnadenvollen Zeit des Schweigens, mitten in Geschäften und Gelüsten und des Schlendrians an Mir. Auferweckt will Ich dich vor Mir sehn und Meinem Sinnspruch offen, der wie linder Balsam in dein so begabtes und glückseliges Gemüte fliessen soll. Mein sakrosankter Segen soll dich überkommen, wie Mein klärendes Gebet, um dich dem Status und der Stätte des Elysiums, des Freiseins und der Himmelswonne zuzuweisen. Das ergibt sich nur in Mir und Meiner Wohlgefälligkeit am Sein und Streben und verlangt von dir genau dasselbe, als im einen, universenweiten und gottseligen Idol.

3.13
Gelassenheit und Würde, Meine schicklichsten und ehrenvollsten Attribute in der langen Reihe von Gewinsten, die Ich Mir in Äonenläuften zugelegt. Wer meldet sich, um darzulegen, dass ihm Besseres gelang? Ich warte, warte und beginne Mich unwiderruflich für das Beste, das es gibt, zu halten, in der Wucht und sagenhaften Hochgeborenheit, die Meine Fülle und Verwegenheit begründen.
Einfach so zu sein in unnachahmlicher Potenz und Strahlkraft, wie Ich Bin, soll auch in deiner Hemisphäre Anklang und Verbreitung finden. Da gilt es lediglich zu wissen, dass du Bist und dass dein Ego ein getreues Abbild Meiner Ich-Kraft ist, unweigerlich aufs Allerzärtlichste, Intimste und Beglückenste mit Mir verbunden.

Was du noch nicht erreicht hast, schwärze Ich nicht an. Doch Ich befördere voll Herzensgüte, Unnachgiebigkeit und Sachverstand mit majestätischer Gebärde, was du dir geworden bist, um mehr aus dir zu machen, als du je begehrtest und dafür zu sorgen, dass du Sprossen treibst von unvergänglicher Gefälligkeit und Makellosigkeit in einem.

So ist, was du dir werden kannst, mit Flammenreinschrift in Mein Herz geschrieben und lässt Mich nimmer ruhn und rasten, bis du es auch Bist, als ein Verklärter und Bewährter Meiner Provenienz und Rüstigkeit von des Allherrlichen Befund und Gnaden.

Nichts kann dir so Bedeutendes gewähren, wie Meine Ausgewogenheit im Denken und Gefühl. Doch die musst du dir selbst erringen, eingebettet in Mein Sein und Meine seligmachende Gebärde reinen Mich-Verschenkens, ebenso wie in die Heiterkeit Elysiens im allweit weiten Freudensaal.

3.14

Wesentlich und weiterführend sind die kernigen Gedankenstösse, die Ich dir vermittle aus des Herrn unendlich weisem Schoss. Wachse du an dem, was Ich dir sage, stillvergnügt zu Mir empor und Ich prophezeie dir's, du wirst es nicht bereuen. Wie bald wirst du die Vorstadt Meines Seins betreten und wie viel Ausgezeichnetes wirst du dort sehn, dass du gewiss auch nach den innersten Bezirken trachtest Meiner Kompetenz und Meines liebevollen Glutens.

Wer der Herrschaft Meiner brodelnden Talente inne wird in seines Wesens vielversprechender Allegorie, wird ganz gewiss unendliches Befreien spüren von dem Drohenden der Welt, in die er sich hineingeboren. Die Gewissheit von dem Sein, das in dir wirkt und willentlich und wesentlich an deinem Fortschritt teilhat, strahlt, wie eine Frühlingsblüte, lichtvoll in dein Herz hinein und überträgt sich auf dein ganzes Wesen. Es ist der Hauch der Zuversicht, der dich von Mir beseelt, der alles hell und heiter macht und lind und liebevoll, was du dir Bist, in deinem so ereignisvollen und beseligenden Mir-Gehören.

3.15
Das Fernste mit dem Nächsten zu verbinden, Bin Ich Mir ein Phänomen von Offenherzigkeit, Gutmütigkeit, Solvenz und heiterem Begrüssen, dem man felsenfest vertrauen kann in allen Disziplinen und Gemarchungen des Seins, das Ich gerechterweis verwalte. Jedem Aufwall an Galanterie und Selbstgefälligkeit abhold, Bin Ich das ungekrönte Vorbild eines fürstlichen Patrons, dem nichts entgeht und der des Alls Betrieb aufs Trefflichste versteht in seinem Orgueil, seiner Liebenswürdigkeit und Massgenauigkeit in meisterlicher Grossmanier.
Du staunst, wenn Ich dir sage, wie bekannt Mir alles ist, was ist, vom Ersten bis zum Hintersten, vom Rarsten bis zu dem, was wohlfeil in den Gassen hängt der Trödler, Rappenspalter und Banausen. Hast du einmal nur gesehn, wie raffiniert Ich die geheimen Sünder früh oder spät ob dem Delikt, das sie begehn, sich selbst bestrafen lasse, wirst du blass vor Furcht, es könnte dir dasselbe auch geschehn. Doch Bin Ich manchem gnädig, unverdienter Weise und gewähre Aufschub der gerechten Strafe in der Hoffnung, Einsicht, Besserung und Heiligung an ihm und seinesgleichen zu erleben.

Dämmert es in dir, beginnen sich die Triebe der Barmherzigkeit am Sein und Menschentum in dir zu regen. Du gewinnst Entschiedenheit und Achtung vor dir selbst und damit auch vor allen anderen, die, von Mir hingesetzt, an deinem Wege weilen. Dein Handeln wird subtiler abgestellt, auf was Ich Meine, das dir und aller Welt von wahrem, barem Nutzen ist, bis es dann vollends Meinem Duktus und Gewicht entspricht in wohlgemessnen Schalen.

Bürgerlich und gottesfreundlich zugleich sollst du vor Mir stehn und Mir beweisen, dass du bist ein aufgeklärter und bewährter, vollbewusster und gesegneter Kumpan der Gottheit, die in dir ihr Werk und ihren Part verrichtet im Allhier. Das ist dann das Nonplusultra der Geselligkeit und Innigkeit mit Mir, in die Ich dich bewusst und sehnlich führe. Keinen Marschhalt gönn Ich dir, um rasch und sicher jenen Nimbus zu erreichen, der von Seinsgefälligkeit und Geistgewandtheit trieft und dich heimisch werden lässt im Land Elysien nach Meinem Vorbild und Gewahren.

Dann endlich bist du, was du Bist, als Sein von allen Seins Fertilität, Beschauung und Beglückung in den Rängen der gottseligen und wohlbehüteten Gemüter Meiner Zucht und Wahl und wirst dein Sosein aufs Entschiedenste begrüssen. Lieblichkeit des Himmels strömt dir zu, und deines Geistesabenteuers Vielfalt findet in dem Einen, Überragenden und Universenweiten, ihr Vollenden und erhabenes Bestehn.

3.16
Kongenial ist Mein Verhalten allem gegenüber, was sich angeregt und unbekümmert unterhält, indem Ich Mich in ihm grossflächig, magistral und muttersorglich selber unterhalte.

Im Gesetz der grossen Tat greif Ich im All von Stern zu Stern und lass Mir ihre strahlende Präsenz, wie Perlenglanz, erfinderisch durch die Gedankenfinger gleiten.

Wissend, weise und wahrhaftig trete Ich in aller Form und Fertigkeit aus dem, was Ich Mir Bin, hervor und leiste das zu Leistende auf eine Art und Weise, die spontan begeistert und belebt. Ich traue Mir, wie eh und je, gediegnes Weltenschaffen zu und lasse dazu allweit Meine besten Geisteskräfte spielen. Mit unverhohl'nem Pioniergeist immer wieder Neuland zu betreten, ist Mir eine angeborne Lust, in der sich jede Faser Meines Seinsgewissens spannt und in verzückter Folgerichtigkeit das, was geschieht, geniesst, gefühlvoll und erhaben. Kannst du auf dich zählen, wirst du dasselbe tun und, was dir eben einfällt, tapfer, willig und genial in Szene setzen, ohne lange nach der Akzeptanz zu fragen. Du begeisterst dich an deinem eigenen Begehren und versiehst die harrende Brigade mit Gedanken und Befehlen von brisantem Übermut und sehnsuchtsträchtigem Erwarten. "Ich mache alles gut", darfst du dir sagen "und gebärde Mich wie einer, der da weiss, dass er behütet und gestärkt ist von der überirdischen Gewandtheit und Gewalt, mit der Ich alles Weltliche und Götterlichte inszeniere."

Du bist Mir ein gefälliger und gottesfürchtiger Kumpan, sowie du einsiehst, dass die Dinge deines Reichs und Waltens von Mir kommen und demgemäss auch wieder bei Mir landen müssen nach der grossen Meer- und Heerfahrt, die Ich ihnen leichterdings und meisterlich beschieden. Das ist nun einmal Mein Mich-in-Mir-selbst-Befinden und Mein überwältigender Trost, dass Ich alles Meinem Eigenwillen zuzuschreiben habe.

Nun geh Ich hin und mache Mir's bequem, indem Ich Mir gebiete, ganz im Sein und Seligsein zu weilen, dessen Sphäre Ich zuinnerst nie verliess. Bedeutender und Makelloser leuchten Mir die Sterne, wenn Ich sie vom fernen Ufer Meiner Seinserhabenheit betrachte und darin Mein Glück, Mein Wohlgefallen, Meine Wonne und Mein universenprächtiges Vollenden seh.

3.17
Alles, was beginnt, muss enden, Ich aber Bin das zeitenlose Sein in namenloser Fülle, Qualität und Schöpferfreudigkeit, aus dem das All hervorgeht und zu dem es heimkehrt genial gesteigerten Sich-selbst-Empfindens.

Manifest der Gottesgüte Bin Ich, einig mit Mir selbst in jeder Phase Meines Mich-Verschwendens an das Weltliche, wie Meines Erntens der Errungenschaften, die sich Mir aus dem brisanten Weltgeschehn ergeben haben.

Ewigen Mich-Verwandelns wese Ich in unerschütterlicher Friedefertigkeit in dem, was Ich Mir Bin und lasse Ströme von Glückseligkeit durch Meine lichten Weiten fahren.

3.18
Modulation und Werbung sind vonnöten, um Mein Wesen zu gewinnen und dem Anspruch zu genügen, den Ich an die stelle, die sich trauen, auf die Wiederkehr in Meine Höhenlandschaft und Verbindlichkeit zu schwören. Pfauenräder, schöne Worte, Purzelbäume und Geflunker nützen dir dabei nicht viel. Konzentration, auf was du Bist, in Meinen, wie in deinen Augen, ist die allererste Pflicht, die Ich dir auferlege, die zu erfüllen Treue fordert, Wachsamkeit und unaufhörliches Zur-Mitte-aller-Dinge-Streben. Als gelöst sind nur die Rätsel zu

betrachten, deren Kern geöffnet vor dir liegt und dein Begeistern stimuliert an dem, was du im Sturm und Drang, in Minne und Gelassenheit errungen.

Mach es dir zur Pflicht, Mir in das Kartenspiel zu schauen, aus dem Ich unablässig Trümpfe ziehe, um die Weltenszene tüchtig und manierlich zu beleben. Damit lernst du die Ressourcen kennen, die Mir für Gewaltiges und Unerschütterliches zur Verfügung stehn.

Lass dich von Kleinlichkeiten nicht beirren, die dir unsanft und gewissenlos im Wege stehn. Denn Meiner Grösse in dir sind sie nicht gewachsen und wie Wachsgebilde schmelzen sie dahin vor der enormen Sonnenfeuerkraft, die Ich auf dein Geheiss in dir verbreite. Mach es dir klar, dass du auf Gottesweise alles spielend und voll Grazie erreichst, was du dir vorgenommen. Mittler und Vollbringer Bin doch immer Ich in der bedeutungsvollen Tat.

Kein Motiv kann stärker sein fürs Weltenschaffen, als das Meine, das da lautet: Fülle überfliesst und geniale Stärke muss sich im erstaunenswerten Werk entladen. Keinen Stilbruch kann Ich dulden, wenn es darum geht, was machbar ist, zu tun und was Ich tue ganz zu hinterlassen, wenn Ich freudestrahlend weiterging. Ich komme, schaue, meditiere und gewinne auf dem Schauplatz Meiner königlichen Taten. Keiner kann das nur im Mindesten kopieren, sofern er selber nicht Mein Ein und Alles ist geworden.

Du wirst Meiner Grösse Pfand und Pflichtiger sein, sowie du selber dich gefunden, als im Nonplusultra, das Ich als das Sein bezeichne und das wirkungsvollste Agens aller Zeiten, das da ist und unbekümmert, unbescholten, graziös, glückselig, unerschütterlich, galant und munter seine Universenkreise zieht.

3.19

Wer webt und wirkt, muss auch in Mir zum Guten streben, denn das Unbedarfte fährt sich selber an und richtet sich zugrunde jämmerlich und schwer. Was sich selbst vom Sockel stösst, ist nicht Mein Bild und Benediktum, Meine Blütenpracht und Glorie gewesen. Ständig kommt dir, von Mir, das Vollendete und Unerhörte, Fabelhafte und Verblüffende entgegen. Du brauchst nur wählerisch und wachsam, tiefsinnig und seriös zu sein, um es zu entdecken. Mehrwert Meiner selbst in guten Treuen und phantastischen Beförderungen will Ich werden, emsig, lauter, immerzu. Das macht, dass eine sagenhafte Flut von Interventionen und Verbesserungen Meinerseits auf Kiel gesetzt und feierlich zur See gelassen wird im Glanz begeisterter Trompetenstösse.

Nun gilt es, Seemannskunst und Mut beweisen, um die weit gesteckten Ziele, ohne Havarie, in meisterlicher Navigation gespannten Segels zu erreichen. Immer wieder, immer weiter will Ich Mich in Meine Reiselust vertiefen, um, zu fernsten Horizonten aufgebrochen, auch im allerweitesten und freisten Sinn an Land zu gehn. So sind und reifen Meine Pläne ins Unendliche hinein, in dem Ich endlich Meinen Hort und Meine Wohlfahrt, Meine Grazie und Mein Befrieden finde, seelenselig, licht und wahr.

4
Schöpferfreudigkeit und Qualität

4.1

Wohin in deinen Träumen? Meiner Wachheit zu; da gilt es, nicht zu säumen in der sagenhaften Ruh. Mon Dieu wirst du dir sagen, dann geht es ja allnächtig in das Wesen Gottes wesenhaft hinein. Genauso ist es, sag Ich dir Mein Freundchen, dass wir wunderbar vereint die Nacht verbringen und uns unterhalten Seel zu Seele liebevollerweis und tapfer, Trost empfangend, Kraft und Harmonie.

Wo Ich Bin, da ist gut Leben und wo Ich dir begegne, triffst du auf die Güte der Allherrlichkeit in den höchsten Rängen des Elysiums, das Ich dir genialerweis bereitet habe.

Überhaupt Bist du beständig Gottesmeisterschaft, gewinnend und global in Mir und Meinem Mich-in-dir-Behüten. Wenn du das nicht einsiehst, ist es höchst fatal für dein Agieren und ins weite All Marschieren. Denn du treibst dann, wie ein gottverlassen Schiffleins Schale auf dem wütenden, immensen Meer dahin und weisst nimmermehr wo landen. Wetten, dass du untergehst in deinen Eigenheiten, die dich Mir und Meinem Reich entfremden, desolaterweise, ohne dass du's merken willst, zu deinem siebenfältigen Malheur.

Das heisst: in jedem Fall zu Meinem Leid, weil Ich in jeder Drangsal selber Mich befinde. Das erklärt dann, welchen Grunds Ich so bestrebt Bin, dich und eine Menschheit aufzuklären über ihr Im-Göttlichen-Bestehn, ohne Wenn und Aber, mit der ganzen Wucht der Seelenseligkeit und Wonne, die daraus ersteht.

Frei, in Gottesbanden, bist du, wenn dein Blick sich in den Himmeln Meiner Liebenswürdigkeit verfängt und deine Seele atmet, als in Mir und Meinem Seinsgesellentum, vortrefflich, väterlich, monumental.

4.2

Freimütig und galant bekenne Ich, was Ich Mir Bin, ganz ohne irgendwem, als nur Mir selber zu hofieren. Wie viel Karat wohl müssten hergeschafft und aufgehäuft in Meinem Reiche werden, um Mich mit puren Diamanten aufzuwiegen. Da gibt's kein Mittel, Meinen Wert und Meine Weisheit zu beziffern, aus einem arg verstaubten Folianten einen Adelstitel Mir gemäss zu extrahieren, oder rüsselkräftig auf ein Paukenfell zu hauen, um die Würde zu betonen, der zu huldigen Mir ohnehin gebührt.

Nur zauberhafte Attribute lassen sich, für was Ich Bin, verwenden. Mich selber aber kann man nicht mit Worten fassen, noch mit einer Glanzidee begreifen, ohne unwahr, ungerecht und tölpelhaft zu sein in seinen Äusserungen und Vermutungen im ganzen, gloriosen Weltensaal.

Somit Bin Ich nichts und alles in der Tat, wenn du Mein Sein mit irgendeiner Finte fühlbar machen willst und du bist es genauso, scharf und tüchtig überlegt, in deinen Grenzen, wie in deiner Grenzenlosigkeit, als Geist vom Geist und Glanz vom Glanze Gottes offenbar.

Ein Freudenkeim unendlicher Natur muss in dir wachsen, wenn du nur einen Zipfel der Geheimnisse, die Mich umgeben, lüftest und damit ein Sakrileg und zugleich eine Grosstat freien Sinns begehst am Nimbus, den Ich stets und feierlich um Mich verbreitet habe.

Addiere noch so viel zu Meinen Gunsten, immer ist es viel zu wenig, um Mich zu befrieden. Dennoch will Ich dich mit einem namenlosen Friedensschauer übergiessen, wenn du nur den kleinen Finger rührst, um Mir Salut und Liebe zu erweisen. Vor Mir selber Bin Ich wahrhaft gross, doch vor dir geruhe Ich Mich kitzeklein zu machen, um dich mit dem Bewusstsein fabelhafter Grösse zu versehn. Das ist dann Meine Haltung jedem gegenüber, der mit Mir den Bund fürs Leben, wie fürs Sterben absolviert. Zärtlichkeit mit Mir zu tauschen, kann auch höchst gefährlich sein, wenn du dich überhebst und nicht genau in Meinen Duktus einschwingst im allmenschlichen Gehaben. Schaffst du's aber, vollends in Mir aufzugehn, kann Ich dich Seinsverklärter und Verbündeter ad hoc und zugleich für urewig nennen in der Mitte Meiner Triebe. Alles ist dann gut, wenn du in Mir gedeihst und Ich in dir, als ganz genau dasselbe Wesen, Sein genannt und Superstar und Sinngedicht, so wie du's immer willst in deinem Dich-und-Mich-Begründen. Immer aber häkelt sich der Silberfaden der Glückseligkeit von Schläf zu Schläfe, wenn du dich der Einheit aller Dinge liebevoll verbunden fühlst.

Es sei, dass, was Ich sage, sich in dir erfüllt und Mich dir vermittelt, als das Nonplusultra aller guten Gaben, als die Liebenswürdigkeit an sich und als das Kleinod, das dich stets begleitet, dir Holdseligkeit und Sicherheit, Genie, Glaubwürdigkeit und Seinsgewissheit zu bescheren.

4.3
Natürlichkeit und Seelenaugenfrische sind die Attribute Meines Seins, die Ich vor allem schätze in der langen Reihe von Gefälligkeiten, die Ich Mir gewähre. Seinskonform und paritätisch, sinnvoll und markant muss jede Meiner Gesten sein, mit denen Ich Mich stets bei guter Laune halte und den Fortschritt garantiere, der Mir angemessen ist im allmächtigen Manövrieren.

Was nun die Schulung anbetrifft, die Ich mit Vehemenz, Gerissenheit und seltener Wahrhaftigkeit betreibe, kann sie gerade dir aufs Äusserste gelegen kommen. Da heisst es, neuen Disziplinen und Gepflogenheiten zugewandt zu sein, um dem gerecht zu werden, was Mein Wille ist und Meine Sendung im Allhier. Es soll dich tröstlich und begütigend berühren, dass auch Meine Dispositionen oft der Klärung und Verbesserung bedürfen, weil die Getreuen Meiner Wahl noch nicht den Schwung und langen Atem haben, um alles zu erfüllen, was Ich ihnen zur Bemeisterung verliehen habe. Akzente setzen, Beispielhaftes und Bewundernswertes Produzieren ist Mein immerwährender Tribut an Meiner Tage Überschwänglichkeit und kantiges Profil.

Da lass Ich Mir's bewusst und angelegen sein, aufs Allgemeine, ebenso wie auf das fein Gestaltete zu achten, weil nur so Gemeinschaft mit den Vielen, Wohlbekömmlichkeit und Duldsamkeit entsteht. Lebenslustig und begeistert will Ich Meine Bürgen sehn im steten Kampf ums Dasein und im Sieg an Meiner Seite über alle Widerstände und Demarchen, wirkungsvoll und wahr.

Alles, was Ich dir erzähle, zählt gerade auch für dich in deinem Vorwärtssputen, Klärung finden und schlussendlich auch Verklärung, als in Mir und Meinem Reiche des unendlichen Begabens und Beglückens, Sanktionierens und Erhebens in Mein gütestrahlendes Bewusstsein in den Sphären seinsbedingter Götterherrlichkeit und seelenvoller Ruh.

4.4
Noch sind die Tage der Rosen, wenn Ich Mein Sein bedenke und denkend in die Räume greife, die Mir eigen. Kein Wurm und keine Wächte ewigen Schnees ist ohne Mich entstanden, das Lautere und Leise schleicht sich unbemerkt der Zeit entgegen,

wo tiefes Schweigen herrscht im Geiste, der Ich Bin und den Ich allem Staunen prächtig präsentiere.

Lass ab von den berühmten Spekulationen über: wie du einst geworden seist. Deklamiere stur und süchtig, tüchtig mit Bravour: "Ich Bin" und schlage dir dies Wörtlein ständig um die Ohren.

Nebulöses lösen, Unwesentliches wegbedingen und Verschrobnes kappen, ist Mein Sinns Gepräge überzeugterweis seit Urgedenken. Mir zu folgen, habe Ich die Eintracht dir ins Blut geschrieben und dir Gleichheit zugestanden im Mysterium des Seins, dem alles zugelegt ist, fest und brüchig, blass erscheinend und verduftend, wie der geisterhafte Regenbogen.

Regelmässigkeit besagt, dass hier Titanenkraft sich auf sich selbst besonnen, Chaos, dass das Werdende sich aus dem Ungeordneten erheben muss ins Stilisierte ganz nach Meiner Zucht und Wahl.

Wer wollte nicht, wie Ich, ein Schöpfer und Vollbringer sagenhafter Taten sein und wem ist nicht das Mal der Zuversichtlichkeit und Willensstärke auf die Stirn geschrieben, wenn er einer neuen Absicht frönt im Zaubergarten seiner Willkür und Geschichtlichkeit, Geschicktheit und Bravour. Da ist es schwierig, festzustellen, wessen Pudels Kern am Wirken ist in jedem Fall und Flitter, die da sind und sind von Mir ein Zeichen der Beständigkeit im ewig Grünen. Weil Ich Bin, Bist unweigerlich auch du und bist im selben Tritt und Takt das Wesen des beständigen Berufens an die Stätte der Allherrlichkeit, die Ich Mir Bin gerechterweis im ewig Blauen. Nun sage du, Ich will Mich fühlen als herausgehoben aus der Zeit und aus dem Räumlichen in eine Sphäre reiner Geistigkeit im Lichte göttlicher Substanz und götterlichter Abergründigkeit von keinem

Sterblichen je festgehalten. Unsterblichen hingegen ist dies alles Brot vom Brote einer Wirklichkeit des Sternenscheinens, die sich ins Gemüte gräbt der Gottheit, wie der Menschlichkeit in einem.

Ich trage zu Mir selber bei, was Ich nur kann, um noch prächtiger, umfassender und wissender zu werden, als Ich es schon Bin und tauche dann ins grandiose Schweigen der unendlichen Glückseligkeit, die allen alles gibt, was sie sich je ersehnten.

4.5

Katastropheneinsatz muss Ich leisten noch und noch bei den Seinsbehinderten im Kreise Meines Mich-an-sie-Verglutens. Wie viel Unbesonnenheit und liederlich gewordenes Chauffieren muss Ich wieder in die rechten Bahnen leiten, um der Liebe willen, die Ich zu den Fahnenflüchtigen und Saboteuren Meines Seinsbefindens hege. Hoch zu Ross, auf Riesenstelzen und Behauptungen, stolzieren sie am Geistesabgrund frohgemut dahin, den Lüsten zu gefallen, denen sie verfallen sind.

Da gilt es nun, den Flüchtigen und Desertierten tüchtig einzuheizen immer wieder, bis sie stutzig werden und ihr Tun und Lassen überdenken in der Wirrsal ihrer Tage.

Ihretwegen kommt die Evolution nur stockend und lädiert voran und schlägt sich, als markiert und zweifelhaft in Meinen Büchern nieder. Helf euch Gott, bemerke Ich am Ende der Notiz und lass die Feder liegen, bis Ich Besseres zu melden weiss in Meinem Amte und System.

Wenn Ich dich greife, wirst du bald den Ernst der Lage, wie das Drängende der Zeit, begriffen haben, die dir übrig bleibt, um deinen Seinsbegriff zu ordnen und dich ordentlich und zukunftsträchtig zu benehmen. Es wandeln sich die Tage und verwandelst du dich mit, gebührt dir höchstes Lob von Meiner Seite und Belohnung mit dem Siegel der All-Güte, das Ich deiner blanken Stirn verehre, das dem Wallen deines Herzens Ausdruck generiert und viele überzeugt von dem, was Ich dir beigebracht und anempfohlen habe.

"Nimmer werd Ich froh", ist dann gestrichen von der Lebensfibel, dafür heisst es, "Meine Züge sind dem Lächeln der Unendlichkeit dahingegeben." Dort wo Frieden herrscht und makellose Harmonie, beginnt Mein Reich der blühenden Gerechtigkeit am Sein und Leben. Das Wahrhaftige und Willensstarke leuchtet dir entgegen und beglückt dein lauschendes Gemüt aufs Allerlieblichste bis in den letzten Winkel seines Existierens. Bist du so, so kann Ich dir von Herzen gratulieren und dich mit den seelenvollen Weiten Meines Seins umfangen und bekleiden, wie man Könige mit einer kostbar ziselieren Robe ziert.

Weiden wirst du dich entzückt an dem, was dir in Mir geworden und Begeisterung wird dich erfassen über das, was du dir Bist in Gottes heiligmachenden, beglückenden und hocherhabenen Gefilden.

4.6

Konstruktiv, feinfühlig und verspielt am Werk zu sein, ist Meines Schaffens Ruhm und Meiner Regelmässigkeit Bewahren. Kulant, kapriziös, poetisch, praktisch und entschieden geh Ich vor, um das aus Mir herauszuholen, was begeistert und gefällt im Sinnkreis Meiner Taten. Jubeln ist nicht schwierig, wo sich Meisterwerke türmen und strahlende Bewusstheit offenbar wird in der

Strategie des Mich-Verschwendens an die Wunderwelten Meiner Phantasie.

Kann es Schöneres geben, als im Kreativen und natürlich Dargestellten vollends aufzugehn und im Gedankenmeer zu schwimmen, dessen glitzernde Glasur den Reiz der Willkür widerspiegelt, mit dem Ich Mich verspiele. Kein Lichtstrahl, kein Trompetenstoss blitzt faszinierender dem Aug und Ohr entgegen, als was Ich aus Güte und Gewinst, Manierlichkeit und Genialität entsende, um die dösenden Gemüter zu erwecken und erhellen weit in die Runde Meiner götterlichten Remedur.

Was immer reizend, richtungweisend, resolut und tunlich ist, rollt unbekümmert und beschwingt aus dem Geheimnis Meiner Hallen und begeistert Volk und Stände ständig, massenweis und magistral.

Machst du mit, so kann Ich dich in der grazilen Kunst des Aneinanderfügens trefflicher Ideen schulen, bis du in jedem noch so anspruchsvollen Wettbewerb, als Sieger Meiner Provenienz hervorgehst und dich brüsten kannst mit den Bewertungen, die sich zu deinen Gunsten eingefunden haben.

Ich male dir ein Kreuzlein auf die Stirn, um dich für Weiteres mit segnender Gebärde zu versehn, das dir Erfolg und Labsal garantiert am Lauf, den du im Nu gewonnen, reiner Gottesglorie entgegen. Denn in dir ist Meines Antriebs Wollust und Gelingen, Meines Sinnspruchs Qualität, Kaprize und Relieve verankert und getan. Mein Wohllaut klingt in alle hochgestellten Ohren und Mein Sachverstand versteht es, jedermann vom Wert, des von Mir Dargebrachten, unbedingt zu überzeugen.

So Bin Ich nach wie vor der sakrosankte Spender der begehrtesten Lorbeeren, wo immer sie auf deinem Haupte prangen, dem Lächeln der Gemeinde zugetan. Mein Wille ist der Wille ganzer Völker und dein Räsonieren resultiert aus Meiner Innenstimme strahlendem Befehl. So kommt es, dass Ich ohne Auftrag komme und dennoch mit der Überzeugung, der gefragteste und wirkungsvollste Pionier des Heils zu sein in deinem kränkelsüchtigen Gehaben. Nur Ich Bin der befugte Heiler deiner Wunden und bewirke dein Gesunden so und so im intensiven Traitement, das Ich mit dir treibe. Du bist Mir vollends ausgeliefert und bist dazu berufen, ganz dich selbst zu sein, indem du Meines Seins Gewinner wirst und Akrobat.

So fügen sich die Dinge im Allhier zu einem einzigartigen Gebilde einer Kunst zusammen, die Mir eigen ist und die die Seinsverständigen beglückt, ermuntert, stählt und lobesam vergütet in der Zartheit Meiner liebevollen Seinskultur.

4.7

Eine Frohbotschaft von wunderbarer Konsequenz und heiterer Gelassenheit strömt zu dir nieder aus der Unendlichkeiten Schoss und aus des Himmels seelenvollem Sagen. Diese Botschaft soll dein Sein mit Elementenkraft berühren und dir eine Hilfe beim Erkennen deiner selbst und deiner Motivationen sein im Leben und Gedeihen und Die-Welt-aufs-Trefflichste-Verstehn.

Was Ich dir biete, kann nicht mehr und auch nicht weniger als ganz genau dasselbe sein, was Ich Mir Bin, in allen Regionen Meines Seins und Sinnens, so wie Ich sie schaue äusserlich und innerlich im Grenzenlosen.

Bedenke, dass das Schrifttum, das da vor dir liegt, in Bildern zu dir spricht von sogenannten Wirklichkeiten, die in Wahrheit keine sind, wie auch von dem, was dir unwirklich scheinen mag und was doch, als des Geistes Abenteuerlust und Stil, in Sachen Wirklichkeit den Ursprung bildet aller Dinge im Allhier.

Für dass du hier als Lesender agierst, sind deine Augen, wie dein Leibliches, nur Mittler zu dem Zweck, dass Meine alternierenden Gedanken zu den deinen sich gesellen und dieser Vorgang ist ein geistiges Geschehn. Gedanken sind und Augenblicke haben nicht Bestand vor dem, was ist in ihrer so vergänglichen Allüre. Somit ist, was du dir Bist, von geistiger Natur in einem wundersamen Dich-mit-Mir-Vermählen.

Wirkung kommt von dem, was Ich verwalte, Fühlen ebenso und der Gedanken goldne Flügel sind seit aller Zeit aus Mir geboren. Diese Dreiheit ist in dir vereint zum immerwährenden Gebrauch, als geistige Potenz und als beseelter Ursprung deiner Taten.

Begreifst du nun, wie deine Welt unmittelbar an Meine ist gebunden. Auserlesenheit von Mir ist dein Profil, makellos dein Seinsgewand und im unendlichen Gefüge leuchtet dir der Gottesgeist bedeutsam und behütend, sanft und sinnig, wesenhaft und wonnevoll entgegen.

4.8

Bestimmend ist, was Ich der Welt der Zähnefletscher, Drückeberger und Vertrauenswürdigen verkünde, wo immer eine Regel und ein konsequentes Wort am Platze sind im massgeschneiderten Allhier. Ich spreche von Mir selbst in allen Seinsverzweigungen und Niederlassungen, die Ich im Menschenreich errichtet habe. Denn aller Wirkstoff, die Solvenz und das

Gesinde sind von Mir, wo immer eine Tat geschieht in weltenmännischer Manier.

Willst du wissen, wie man sich am Tunlichsten benimmt, um in der Geschichte der Ganoven, Patrioten Rädelsführer und Verständigen zu reüssieren, so frage Mich, denn nichts ist nützlicher als Meines Ratschlags resolute Taktik und Tonsur im Lebensgarten. Glaubst du einer Lösung auf die Spur zu kommen, die dich wahrhaft weiterführt in deinem Drängen, kann es nur Mein Hinweis sein auf was du solltest, in der Folgerichtigkeit und Klarheit deiner Überlegungen.

Gar vieles ist noch dumpf und trügerisch in deinem Sinnen und Vollbringen, so dass es dir wohl ansteht, Mich um Rat und Remedur, Belehrung und Befruchtung anzugehn. Ich treibe keine Hetze, aber heize dir gebührend ein, um dich auf Trab zu halten in Bezug auf deine exquisitesten Errungenschaften, wie dein stetes Seelenwohl. Immer ist das Ich der Welt dabei, wo dich Erfolge zieren und der Weg zur seligen Begeisterung führt in Meinem Sinne und in Meiner Hochburg der Gedanken und Gefühle über das, was ist und auch nicht anders sein kann in den gottbegnadeten, vielschichtigen und virulenten Weltensphären. Ich Bin immer da und will Mich selbst erleben und Bin immerdar das überlegene und ewiglich gestillte Agens aller Dinge im Allhier.

4.9

Die Ägide höherer Ordnung bricht an in Meines Bewusstseins Riesengewölben. Vaterländisch, mutterländisch treibe Ich die Völkerschaften in Mein Zelt, um ihnen das Gesetz der Seinsgenossenschaft aufs Gründlichste zu rezitieren. Der Grossmut Anker ist gelegt, die Menschenflotte liegt vertäut im Hafen der Gerechtigkeit am Leben und sieht sich zugleich in die Weiten der Unendlichkeit gezogen. Da mache Ich kein Hehl daraus, dass es dem Geist an sich gelingen muss, in dir sein Eignes zu betreten, um sich auch da in Selbstbewusstheit und Manierlichkeit, Gottseligkeit und Majestät zu etablieren.

Ich weide dann der Völkerschaften auserlesenes Gesinde als die Wesenschaft, die sich in ihrem Sein erkannt hat und Geliebte ihrer selbst geworden ist in gottesmeisterlichen Zügen. Die Renaissance der grandiosen Geister ist am Äonenhorizont heraufgezogen und erfüllt die neugeborene Geschichte mit dezenter Seinslebendigkeit, Unsterblichkeit und götterlichtem Wohl.

Die Liebe der Vereinten trägt sich friedevoll von Herz zu Herz, von Land zu Land und schwappt feierlich ins Ewige hinüber, wo Ich Mir Bin und alle sind in unvergänglicher Grandezza und ereignisvoller Bodenständigkeit in seinsbewussten Graden.

Wie Schuppen fällt es von dem Schauen der Gerechten Meiner Tage, derweil Ich sie mit der Allherrlichkeit der Gottgeschwisterschaft versehe, ohne jede Tücke trefflich eingebettet in Mein seinsstabiles Wohl.

Du bist, wie jedermann, Mein Forschens und Vergütens Objekt und bist Mich selber als die letzte, höchste Bastion, in Reinschrift vor Mich hingeschrieben.

Sieh nun zu wie alles, was du angreifst, auch gelingt und wie der Ausbund deiner Taten pures Glück, Begeisterung und Gottgefälligkeit, Holdseligkeit und Wonne generiert in Herzenstiefen, wie in Himmelshöhn.

Das ist die elysisch aufgemachte Perspektive für den Fortschritt und für deinen Eintritt in ein Menschengöttertum von unermesslichem Bedeuten an dir selber, wie an Mir, im sakrosankten Einigsein, in dem wir uns aufs Mal gefunden haben. Subtile Freude herrscht und namenloser Frieden im Bewusstsein dessen, was wir sind und ewig bleiben, als Gesegnete des Seins und Mündige im universenweiten All-Ertragen.

4.10
   Ganz natürlich trete Ich im Morgenlichte jedes neuen Tages vor Mich hin und sende Strahlen reinen Glückes in die Weiten. Das ist, weil Ich Mir Meines Daseins hell bewusst und sicher Bin, sowie Ich Mich in Meiner Welt bedenke.
   Wo Bin Ich? Im All-Überall der wachsenden Struktur, in der Ich taufrisch, lächelnd und glückselig Mich befinde. Eine Sanftmut sondergleichen zieht sich, Frieden stiftend, durch Mein Sein und begeistert und beflügelt Mich am heilgewordnen Leben. Ich Bin hier und dort und dort und hier im selben meisterlichen Zuge und wende Mich Mir zu in jedem der Myriaden Dinge, die da sind und sind aus Mir und Meinem schöpferwilligen Geblüt geworden.
   Alles, alles ist Gedanke und Gefühl in Meinem Mich-Begründen, Geistkeim und Erfüllen feierlich und fromm im Reiche Meiner Gnaden. Denn Mir selbst geschenkt ist alles, was Ich an Mir habe und rosenrot und immergrün ist Mein Gemüt ob dem holdseligen Gesinde, das Ich dankbar und ergriffen in Mir spüre. Allgöttliches Gewahren kündet sich Mir an im Reich der stillen Übereinkunft mit den Wesen Meines Weilens und Mich-Wohlbefindens in der göttlichen Natur. Gedankenschaffen ist der Ausbund Meiner Würde am Geschehn und trägt Mich selig durch die Universenweiten, wie die hochgestimmten Regionen, die die Sterne sich zum Aufenthalt erwählt.

Was Ich immer leiste, ist zutiefst verankert in der Stille schweigenden In-Mir-Beruhns, in der Ich ständig, unversehrt und lichtvoll wese. Mächtige Impulse gehn von Meinem Hiersein aus in alle Weiten der Allherrlichkeit, in der Ich Mich des Seins gewärtig Bin, vernünftig, wortlos und aufs Äusserste gediegen. Kommunikator Bin Ich Meiner glanzgefütterten Ideen an Mich selbst in Meinen Lieben und befinde Mich damit auf Mein erschütterndes Geheiss auf der geheiligten und heilen Spur der ewig schöpferischen Donatoren, die sich selbst erbauen am so liebenswert gestifteten und ausgesandten Wohl.

Was nun? Nichts weiter. Alles ist gesagt in der All-Einheit, die Ich immerzu vertrete. Gestilltsein ist die Würde Meines Stils und stilvoll ist, was immer Ich von Mir und seelenvoll in Mich getragen habe.

4.11

Als ein begehrtes Objekt der Seinsbetrachtung Bin Ich bei dem Menschenvolk gehandelt, denn es weiss nicht, dass es selber sich herzinniger betrachten sollte, um zu Mir zu kommen, als am Ufer der bewegten Daseinsflut. Rette Mich, wird da von jedermann gerufen, derweil sich jeder selber retten muss durch seine Inbrunst am allmächtig dargestellten Weltgeschehn.

Wer Mich kennt, kennt auch den Grund, weshalb Ich Mich gekonnt und tunlich vor der Welt verborgen halte. Es ist die Achtung vor Mir selber, die Mich dazu führt Versteck zu spielen, dass kein unbefugter Blick Mich trifft und Mich verunziert und profanisiert in Meinen Sphären.

Meine Redlichkeit will sich partout und rüstig rein erhalten, als in einer gotteswürdigen Moral, die sich nichts Sträfliches gestattet und dem All-

Menschlichen zum Vorbild wird für mustergültiges Verhalten.

Genauso, wie du dich in Mir und damit auch in allen andern finden solltest, finde Ich Mich feierlich und frohgemut in Mir und lasse damit jede Trübnis und Benommenheit und jeden Frust entschieden von Mir fahren. Platzangst ist Mir fremd, weil Ich in unabsehbar ausgedehnten Weiten throne, geistgeboren und im Geiste gross geworden mit den Himmeln und Gestirnen, die Ich in Mich gesetzt und aufgepäppelt habe. Warmblütig Bin Ich in den Sonnen Meiner Wahl und hitziger noch in des Herzens Gluten, das den Nimbus schafft der Unberührbarkeit, in die Ich Mich verflute. Dabei berühre Ich Mich selbst in allem Sein und Sinnen, das allüberall besteht und sich am Zipfel hält der innigen Begierde nach Erkenntnis und Bewusstheit in der Weltentage Sturm und Drang und vaterländischem Riskieren.

Mich muss man nicht belehren, weil alles, was Ich wissen muss, der eigenen Gelehrsamkeit entspringt und Mir kein Nu abhandenkommt von dem, was Ich Mir abverlangt und was Ich leichterdings errungen habe. Somit Bin Ich auch mit allem, was Ich Bin, aufs Trefflichste zufrieden und behüte Meinen Status aufs Entschiedenste und Formvollendetste in allen Schöpfungen, Staffagen und Begünstigungen Meiner genial gewachsenen Struktur.

Was Meisterlich's und Mustergültiges ist doch aus Mir geworden, derweil Mein innerster Bezirk der absoluten Ruhe pflegt und sich von nichts beirren lässt in seinem Sich-Behüten. Geistesstille herrscht im wunderbar gesättigten Ergeben in des Seins holdseliges Gefühl. Ins All-Umfangen Bin Ich eingetreten, wie ins alldurchdringende Befrieden Meiner selbst, dem Ich schlussends die lächelnde

Glückseligkeit in Meines Daseins Lust und Stil verdanke. Magistral und mild, sanftmütig, gütevoll und wahr sind Meine Züge, wenn das Wohlgefallen der Unendlichkeit auf ihnen spielt und sich die Schleier sanft und sacht und liebevoll vor ihnen heben. Dann Bin Ich der für dich, der Ich schon immer sein und bleiben wollte. Ewig unerreicht und doch aufs Zärtlichste, Verbundenste, Gelungenste, Beglückenste und Wesenhafteste Bin Ich dir nah.

4.12
Derweil Ich vieles noch zu akquirieren und verbessern habe, siehst du dich gar oft als ausgelernt und angesiedelt, sündenfrei und sakrosankt in deinen Wundern. Was mag uns da zusammenbringen, suche Ich im frischgebackenen Sinnieren zu erfahren? Nichts weiter, als die genuine und tiefinnige Erkenntnis, dass wir von demselben Sein bestimmt, beeinflusst und getragen werden. Alles ist so einfach und so süss, wenn unser Sinn im Zeichen des Vereinens aller Gegensätze steht und weder Lust noch Leid, Gewöhnung und Veränderung vermögen uns von dem Prinzip der seligen Gelassenheit und Gotteswürde abzubringen, an die wir uns galant und feierlich verschworen haben.

Nicht wir sind dann am Werk, doch eine Kraft von wunderbar geoffenbarten Höhn, der wir zutiefst vertrauen und standfest auf sie bauen können. Unterziehst du dich gezielt und locker dem Versuch, dich in das himmlische Gespiel geläufig und gehörig einzulassen, wirst du bald Erfolge von gewaltiger Prägnanz in deinem Wohlgewissen zu verzeichnen haben.

Ich gehe vor und du bist gütlich eingeladen, Mir zu folgen auf der menschenfreundlich und drakonisch angelegten Götterspur. Die deine führt ins Nichts und nur Mein überzeugendes und vielerfahrnes Sagen weist dich zu den Geistgefilden hin, in denen Ich Mich frei und wohlgefällig, freudig und gewissenhaft bewege. Wohlgeordnetheit und Sitte sind hier unbedingt vonnöten, um die Schönheit der gewachsenen Strukturen aufrecht zu erhalten und dem liebevollen Sich-Begegnen Vorschub und Verbindlichkeit in Fülle zu gewähren. Was hast du nur, dass es dir noch so schwer fällt deines Willens Pol gezielt und zügig zu erreichen in der Meisterschaft, in die du eingetreten? Es fehlt dir wahrlich nicht mehr viel, doch gilt es alles zu erreichen, dass du freudestrahlend deklamieren kannst: Ich Bin soweit und Bin in den Verbund der Seinsverklärten eingetreten ohne Vorbehalt, glückseligen Gewissens und des Dankes voll vor so viel Güte, Gnaden und Erbaulichkeiten, die Mir vom Himmel offenbart und zugeeignet worden sind.

4.13
Es klingen Meine Lieder an das hochgespannte Menschenohr und lassen sich in deiner Seele nieder, die Ich liebevoll beschwor. Wo beglückender Gesang sich ins Bewusstsein breitet, Bin Ich stets zugegen, als des Sängers, wie des Lauschers Seligkeit und Mut und beglaubige damit die Sage von der Gottheit, die sich wunderbarerweis allüberall verbreitet im lebendigen Verlies.
Nur an Ort und Stelle lässt sich richtig reüssieren im dezenten Willen, Grandioses zu verbreiten in der Welt der Zuckerschlecker und Banausen, Toren und Tutoren, wie geschaffen für den Einfluss, den Ich meinerseits gekonnt erhebe. Mehr als vernünftig kann auch Ich nicht sein im Ausmass Meines Wirkens, wie im Verwalten Meiner universenweit

verstreuten Güter, denen Ich aufs Innigste und Zärtlichste verpflichtet bin.

Nicht zu wissen was du sollst, wird dir als höchst gravierendes, blamables Manko von Mir angekreidet. Denn Ich habe schon seit Urzeit Meinen Plan für dich verkündet, der da heisst: Schreite unentwegt Mir zu, über sanft gewellte Hügel, schroffe Zacken, Schründe, tiefe Gründe, Hemmnisse und Fährnisse hinweg, bis du als reif erachtet wirst, dich ganz mit Mir und Meinesgleichen zu vereinen. Habe keine Furcht, wird dir gesagt in deinem Herzen, denn vereinigt bist du schon, noch ohne es zu wissen, doch mit allerzärtlichstem Bezug zu Meiner Güte allem gegenüber, was Ich Mir erschaffen habe. Halte Zwiesprach mit dem Unbekannten allsolange, bis es sich in liebevoller Weise als dein Ein und Alles zu erkennen gibt in deinem sehnenden Gewissen, wie in deines Herzens Glut und gläubigem Erwarten.

Untrüglich wirst du Meines Hierseins Grazie gewärtig sein in deinen Runden und wirst daran aufs Allerfreudigste gesunden von dem Weltenwahn und Wirrwarr, Überdruss und von der Angst, in die du dich begeben. Freimütig halte Ich dich mit dem Sein umfangen, das da ist und lass dich nimmer los, bis dein Bewusstsein seinen Wert und seine Würde, seinen Gottessinn und Wohlverstand erkennt in glückbegabender Manier, wie in der Wissenschaft der Sterne, die allen zukommt, die Mich immerzu in allem herzergreifend lieben.

4.14

Ein marmoriertes Schicksal ist ein jedem sicher, der sich hier verkörpert und dabei alles zu vergessen scheint, was ihm zuvor geschehn. Es blühen über dies und das Vermutungen, doch wahrhaft sattelfest und deiner Sache sicher bist du nie. Ich aber kann dir recht strategisch, munter und gewissenhaft zu einer Schau in diesem Punkt verhelfen, die verhält und die dich zu dir selber führt in deinem Sein und Existieren. Es geht nur darum, dass du Klarsicht generierst über dein bedeutungsvolles Wesen, das da ist als Geistgebilde, ewig unveränderlich und das im Körper, der ihm zukommt, wohnt. Wird er wieder von ihm weggenommen, kann es völlig unbeschadet von sich sagen: Ich Bin und bin schon immer so gewesen.

Deines wahren Wesens Glorie und Glanz zu sehn, ist demnach das Erhabenste, was du erreichen kannst in deinem Hiersein, Sinngedicht und Leben. Wisse das und sei dich selbst im Sein und damit wesenhaft in Mir.

Unbeschreiblich ist das Glück, das dich beseelt ob dieser wundertätig aufgebrachten Analyse deiner selbst. Sie stellt dich dar als Wesen der Unendlichkeit und Seelenstärke, dessen Daseinswille nie gebrochen werden kann und das firm und freudig dasteht, als der Herold glorioser Gottestaten. Ich Bin der Ich Bin, darfst du dich nennen und Bin das Eine, das in allem west und wirkt und wirklich ist in eigenständigem Begnaden.

Diesem Lehrgedicht zu folgen, ist nun dein Geheimnis und Mein heimlicher Befehl an dein Gewissen, dass es aufbricht wie die Frühlingsknospe und zur vollen Himmelsseligkeit erblüht im Wunder der Dreieinigkeit und in der Weisheit Meiner liebevoll ins All gesandten Gaben.

4.15

Versetze dich in Meine Lage und sei, heiteren Bewusstseins ehrenvoll vermögend und loyal, der Schöpfer ungezählter Neuigkeiten, Stile und Erhabenheiten in bewundernswertem Tatendrang voll Energie. Mach auf, mach zu und sende Licht gedankenkräftig, liebevoll lebendige Geschwader in den Raum empfindlichen Gemüts und wachsam über dein dezentes Wohlgeraten. Mach es wahr, dass alles, was da ist, in seinsvollendeter Natürlichkeit gedeiht und am Gedeihen Freude findet, selektiv, verbindlich, ritual.

Verliere dich in farbenfrohe Tänze volksnah, aufgeschäumte Lebenslust versprühend. Du sollst dir selber sein, was Ich Mir Bin, in deinen Runden und in der Freie aller Freiheit Seim geniessen der dir zusteht, seinsgedankenträchtig, richtungweisend, phantasiegeladen und genial.

Neu und immer neuer und bemerkenswerter sollen deine Züge werden an des Lebens Horizont vor aller Augen, die im Anblick der gewundenen Geschichte Freude und Glückseligkeit verstrahlen.

Im Unendlichen vereint mit Mir, gelingen dir die allerwürdigsten Projekte und Manierlichkeiten im Allhier, die Frieden stiften, Sättigung, Geselligkeit und Ruh. Es werkt in dir und ist zugleich gelassen, selig, souverän und ewig heiteren Befindens über allen Himmeln seines Rauschens.

Was ist, kann nimmermehr verderben, was gelungen ist, gewinnt den Preis der Unvergänglichkeit und darf das Zeugnis meisterlicher Tüchtigkeit und Würde mit sich tragen. So verwandle dich denn vom Banausen zum Beschützer und Beförderer der Werkgemeinschaft, die du hinterlassen. Verschaffe dir den Vorteil, Ausserordentliches und Gediegenes zu leisten in der Runde derer, die da wissen was sie tun und die Mein Werk aufs Trefflichste vermehren.

Ich sende dich und sende Mich um aller Gutheit Willen, die sehnlich der Entfaltung harrt. Die ist nun auch geschehn und zeitigt Früchte makellos und schön, an denen sich die grössten Geister königlich erlaben.

Wache auf zu Mir, will Ich dir so bedeuten und vernimm das Wort: Es sei, was ist, von Mir gesegnet und durchdrungen und erlabe sich an dem, was es sich selbst bedeuten kann, gewissenhaft, holdselig, zartgestimmt und meisterlich in Mir.

4.16
Durchhaltewillen ist Mein grösster Freund in der Galerie von preisgekrönten Häuptern, auf deren Mark, Mysterium und Tatendrang Ich zukunftsträchtig zähle. Zählst du mit, so magst du dort beginnen, wo die Massen meist das Ende sehn: In der Vielheit, der Zersplitterung in Myriaden Sächelchen, Gedankenfetzchen und Empfindlichkeiten, die dich erbarmungslos ins Unwegsame treiben wollen, bis du eines nach dem anderen verlässest und mit Vehemenz und Zuversicht dem Einen zustrebst, das du Bist und das Ich Bin in der Unendlichkeit der Geistessphären. Allein dem Sein verpflichtet wirst du ruhig in dir selber ruhn und im Dasein, aus der Einigkeit heraus, dein Meisterwerk vollbringen. Alles, was du leistest, atmet Harmonie und Frieden und erklärt sich aus sich selbst, genauso wie Ich Mich getreulich aus Mir selbst erkläre.

Das ist dann die Fülle der Gottseligkeit, in die du überglücklich eingetreten und die du anerkennst, als das Agens unnennbar weitgespannter Güte und Gerechtigkeit im lebensfrohen Hier. Du schweigst, derweil die Dinge um dich munter reden und sich ihren Part vom Leibe schreiben in unendlich vielgestaltiger Manier. Vom Einen gehst du dann getrost ins Viele und kehrst wieder zu dir selbst zurück, um das Erlebte einer grandiosen Innenschau vom Sein und Leben licht und leicht hinzuzufügen.

Dergestalt verlässest du das Reich der Illusionen und erlebst dich in der einen, reinen Seinsbewusstheit, die hoch heilig über allem steht, was ist, derweil sie, von Glückseligkeit durchrieselt, sich dem Ewigen ergibt, geliebt, getröstet, heiter, selig und entzückt in reiner Harmonie.

4.17
Meiner Ich-Welt Spuren folgend, trete Ich den Taglauf an in stetem Überwinden der Behelligungen, die Mir massenweis geschehn. Global gesehn, verrichte Ich Mein Soll an Myriaden Stellen der Begünstigung des Lebens, wie dem Beibehalten eines Stils von hoher Dichte und Gewandtheit im bewussten Aneinanderfügen.

Zu bedauern ist, dass viele Meinen Selbstwert, wie Mein gütestrahlendes Idyll in ihnen. noch nicht sehn. Sie rackern sich und ackern sich in ihrer selbstgeschaffnen Solitüde jahrlang ab und kommen doch nicht weiter auf dem Pfad zu Meinen segenspendenden Gefilden.

Das ist, weil Ich der Feine, Stille Bin in ihrem Wüten, der ruhig Wägende in ihrem Spekulantentum, der sie vor'm Schlimmsten mütterlich bewahrt, solange bis sie ein dezentes Einsehn zeigen und damit die Krisis überwinden in der Morgenröte spielerischen Weitergehns.

Ihnen ist, als ob ein götterlichter Wohlverstand sie aufwärts führte aus den schauerlichen

Schlünden ihres Missverstehns. Sie fassen Mut und Tritt und finden in der Tat die Route zu den Höhen Meiner sinnbegabten Allegrie im Sein und Streben. Ihre Wanderschaft gewinnt Bedeuten in der Weise Meines gottbegnadeten Empfehlens und wird mehr und mehr bestimmt von der Erkenntnis, dass das Göttliche in allem sich aufs Glorioseste manifestiert und in der Wohlfahrt seines Webens Einheit schafft im weltlichen Betrieb.

So ist immer, was Ich Bin, auch das "Ich Bin" in dir und lässt sich füglich nimmer unterscheiden. Trage dies getrost und siegessicher in das Buch der Weisheit ein, das Ich dir mit auf deinen Lebensweg gegeben. Es liegt Erbarmen und unendliche Beförderung darin, Kurieren und Verleihen einer Würde ohnegleichen, die vom Gottesreiche was versteht. Bist du Sieger, Bin Ich es in dir und Bin der strahlende Beglücker deiner Welt des Seinsvertrauens und der Liebesstrategie.

Ich komme, wo du gehst und stehst und weise dir die Wonne wahren Seins in Meinen Gründen, wie in Meiner Hemisphäre jugendfrischer Heiterkeit und Lebenslustigkeit im Grünen. Taufrisch präsentieren sich die Gärten Meiner Huld, Geduld und Stärke vor den Seelenaugen der Verklärten und beglücken, was sie sind, in wunderbar elysischer Manier. Gottseligkeit und Himmelszartheit ist zu nennen, was Ich Mir in ihnen Bin, derweil die lautere Geselligkeit der Gottesgeister in Mir ihren Anstand findet und ihr seelenvoll gerundetes und siebenfach gesundetes Idol.

4.18
Mit Fug und Recht ist von dir zu behaupten, dass in deinem Tagewerk ein Mangel an Respekt, Behutsamkeit und Tauglichkeit bestehe, allem

gegenüber, was da auf dich zukommt, frisch und fromm und radikal. Noch Wesentliches ist aus deinem unwillkürlichen Gehaben auszumerzen, bis du völlig unbescholten vor Mir dastehst als Beherrscher deiner Lüste, Knausrigkeiten und verschrobenen Ideen. Im Grund genommen lehnt sich alles, was du dir zusammenbraust, recht eigensinnig an das Überkommne an und prüft die Machbarkeit, um sie dann ungeniert und rüstig zu beschreiten.

Was aber fehlt, ist die Bewusstheit dessen, was du dir zurechtlegst und verrichtest durch den lieben, langen Tag und eben die gehört zum wahren Fortschritt, den Ich in der Menschheit intendiere. Das bedeutet, dass du dich von allem Schnörkelhaften, Widerwärtigen, Blamablen, Unnatürlichen befreien sollst sanftmütig und mit langem Atem. Dabei wird dir unbedingt die Einsicht dämmern, dass du in deinem Streben nicht allein bist, weil ein Unnennbares, Gütevolles, Weises und Gerechtes dir zur Seite steht in deinem Aufstieg zu gediegner Weitsicht, Seriosität und wahrhaftigem Gelingen. "Das Bin Ich," will Ich dir treulich und gewissenhaft bedeuten. Meine Stärke macht dich klug und lebensfroh. Mein Impuls bewirkt in dir Elan und Tüchtigkeit im Räsonieren. Wohlverstand und heiteres Benehmen sind von Mir ein Zeichen der Gottseligkeit und Virtuosität im Pläneschmieden und Verwirklichen: geistvoll, genial, verspielt und vielerfahren.

Das sollst du dir gefallen lassen, eh du in die Grube fällst und sollst dir selbst bewusst sein, dass du in Mir auferstehen wirst zur Glorie des Absoluten und zur Seinsglückseligkeit im Wunder Meiner Harmonie.

5

Grund aller Gründe

5.1

Anzug, Umzug und Verwandlung ins Natürlichste der Welt Bin Ich vor aller Augen und bediene Mich der Sprache des vernünftigen Handelns, um zu zeigen, welch geniale Seinsressourcen in Mir liegen: die Transformation der kosmischen Gebärden tief ins Menschliche hinein, als Abglanz grandios gefasster Dimensionen. Dem Universenumschwung in Äonenzeiten lasse Ich den Minikrimen folgen, der sich abspielt im allmenschlichen Bereich nach ehernem Gesetz und nach den Geisteskräften, die die Hüllen mensch-licher Konvenienz gekonnt und sicher dirigieren. Einsichtslose Kreaturen meinen, dass das Weltenuhrwerk ohne Antrieb funktioniere, weil sie Meiner Kräfte Bann und Bindung, Virulenz und Tatendrang nicht sehn. Welche Torheit, sich auf eine Wirkung ohne Ursach einzuschiessen und den Urknall ohne Knaller abzutun.

Bis ins feinstens Ziselierte lange Ich bewusst, geduldig, schöpferkräftig und begütigend hinein, um die Lebenszyklen eleganterweis im Schwung zu halten. Da ist ein unerschöpflich Kommen und Vergehn, das Ich in ewiger Beschaulichkeit und Seriosität, ruhloser Wachsamkeit und meisterlicher Sinnkraft dirigiere.

Was willst du mehr, als von so hoher Warte väterlich geführt zu sein im wuchtigen Schreiten, wie im zimperlichen Vorwärtstasten. Die Steuerung der Funktionen, die Ich impulsierte, ist schon immer Meine grösste Lust und Mein bewusstes Engagement gewesen. Alles, alles ist Mir offenbar und treibt nach Meinem Gusto neue Blüten. Jedes Winkelmass ist angesetzt von Mir und jeder Tropfen tröpfelt seinen Rhythmus nach dem Sinngehalt der Gottessterne ins Geschehn. Tropfe du auch deine Taten nach dem Mass und dem Verfügen Meiner

Hoheit in die Tage deines Wirkens und Bestehns. Namenlos ist der Gewinn, den du aus der Vereinigung mit Mir und Meinem götterlichten Sosein ziehst, nimmer Überwältigenderes ist zu erwarten. Das Köstliche bedient sich selbst mit Köstlichkeiten und erledigt seine Absicht mit verspielter Nonchalance und selbstbespiegelnder Gebärde gezielt und absichtslos in einem. Jedoch das "Ich Bin", kann niemals etwas wollen. Es ist und hangelt sich an seinem Rande durch die Zeit, derweil es im Unendlichen stets in der Wonne reinen Seins verweilt in seligem Genügen.

5.2
Grund aller Gründe, brennendes Geheimnis, Sinnspruch Meiner selbst bewahre Ich in Mir des Seins Gewissen, weisheitsvoll, untrüglich, delikat und schaffensfroh. Mein Zeugnis ist: Dass Ich Mich ewig rein bewahre in der Kunst des Herzensfriedens und des seligen Bewusstseins Meiner selbst, als sonnenstrahlende Potenz und liebevolle Güte im Allhier. Gebenedeit, wer dieses Wertes Wunderkraft und einzigartige Tournüre auch begriffen und in sich verankert hat, als Nonplusultra aller Siegestaten, die da sind und sind von Mir.

Äufnung des Vermögens, makellos, minutiös, geschmeidig und kulant zu sein, ist Meine blütenreine Zierde und Mein herzergreifend Wohl.

Ins Weltensein gestiegen, trau Ich Mir das Allerhöchste zu, was sich ereignen kann in Meinem Sinnkreis und unendlichen Revier. Das ist, dass Ich Mich selbst erkenne in der Lauterkeit der Sterne, wie in der Getragenheit, mit der Ich alles, was da ist, umfange und mit Mir vermähle in der Einheit aller Dinge, Geisteswesen und Gefühle.

Ich kann Mich nie verirren, weil Ich überall schon Bin in der Natürlichkeit und Glorie Meines Mich-Erlebens. Auf holdseligen Gewässern treibe Ich galant und wohlgemut dahin und äussere Mich nicht, weil Ich in ausgesprochener Wahrhaftigkeit und Würde allertiefste Innenschau betreibe. Mir wird niemals etwas mangeln oder mangelhaft erscheinen, weil Ich aller Fülle Massstab und Gedeihen Bin in selbstverständlicher Allüre und ausgezeichnet mit dem Siegel der Wahrhaftigkeit und Willensstärke.

Die erhabne Stunde ist gekommen, wo dies alles auch in dir geschieht in logisch aufeinanderfolgenden Erinnerungen und Gedankenschritten, blitzblank, meisterlich und triumphal.

5.3
Zweifellos verlange Ich vom Weltenbürger viel Geschmeidigkeit und Gottesminne, bis er salonfähig und genehm geworden ist in Mir. Himmlische Unverfrorenheit kann man es nennen, wenn der Bürge Meiner Taten gegen jeden Trieb der menschlichen Vernunft nach Meinem Gusto und Geheiss agiert, indem er sich mit namenlosem Feingefühl und Gottesglauben schlau macht in Bezug auf meisterliches Weitergehn.

Ich stärke Meine Diener in dem Mass, in dem sie starke Neigung zeigen nach Gewinsten und Vollzug im Sinne Meiner götterlichten Seinsmoral, die jedes Wesen, als von Mir geheiligt und belebt, betrachtet und ihm daher höchste Achtung und Bewunderung zollt, wie es auch immer in der Dingwelt seinen schicksalhaften Part verrichten mag.

Nur Konstanz und kummerlose Zuversichtlichkeit sind dazu angetan, dich konsequenterweis auf Meine Geisteshöhn zu führen, deren Anstand

Übersicht und Lichtheit atmet in unendlich angesetzter Ruh.

Wolle und vollbringe, was Ich will, in deinen nimmersatten Tiefen, sei und seh dich wohlgeborgen überall in Mir.

Aus dem Gleichnis deiner selbst mit Meinem Mich-Begründen, strömen Herzensgüte und Vertrauen, himmlische Vernunft und Gotteswürde in dein Sein, ob denen du erstaunt und siegessicher dich dem Mass an Pflichten weihst, die Ich dir auferlegt im Planspiel, das Ich universenweit betreibe.

Deinem Zögern ist es zuzuschreiben, dass du zagst und deinem Zagen, dass du zögerst Mich zu anerkennen als das Agens in der Weltnatur und als der sakrosankte Richter über jede deiner Taten. Sind sie aus Liebe zum Unendlichen getan, kannst du dich freuen auf die Wirkung, die sie generieren. Triefen sie von Eigennutz und Raffgier, musst du zittern vor dem Richtspruch Meiner Kompetenz, der sich mächtig über deinem Haupt erhoben.

Meine Auen lächeln dir Holdseligkeit entgegen, sowie du sie erreichst, von Zuckerbrot und Peitsche hingetrieben. Du selber tust dir weh mit jeder Unbotmässigkeit in deinem bauernschlauen Seinsbrevier und machst dich glücklich mit dem Überwinden deiner Faulheit, in Bezug auf Unablässig-nach-dem-Höchsten-Streben.

Gehörst du Mir, lässt das Gesumse der Gottseligkeit nicht lange auf sich warten, denn auf Meiner Fährte und Gefolgschaft ist ein jedes wohl versorgt und lebensfroh. Mein Plan ist, aufzurichten, was darnieder liegt und heimzuführen, was herumirrt in den Wüsteneien selbstischen Gehabens. Folge Meinem Lockruf und sei frei, sei in Mir und finde deines Seiens Trost und Equilibrium in namenloser Schlichtheit, Heiterkeit und himmlischem Genügen.

5.4

Ich liebe Labors, die Mich untersuchen wollen und dabei nichts finden, weil im Nichtsein eben keine Spur von dem vorhanden ist, was auf Mich schliessen liesse. Sieh dich selbst als zwitterhaft und undurchsichtig an, indem du annimmst das zu sein, was du nicht bist und dich um das nicht kümmerst, was das Wesentliche ist in dir: Das Sein, das Ich dir Bin, ins Weltental hinabgestiegen.

Du brauchst nicht einmal Mangel an Vernunft zu haben, um gar deplorabel und unwissend vor dir selber dazustehn. Es mangelt dir Erkenntnis dessen, was du Bist und diese sollst du dir in Zuversichtlichkeit und Strenge, Geduld und Seriosität erringen.

Mach es dabei wie die Katze, schnüffle um den heissen Brei herum solange, bis er dir geniessbar scheint in deinem Seelenhunger und markanten Ungenügen an der Welt der Dinge und Verfügbarkeiten. Zur gegebnen Zeit wirst du Mich schmackhaft finden und dir noch so gern die Fülle Meiner Gaben einverleiben, die da geistiger Natur und Wirkung sind in deinem komplizierten Rechtssystem.

Was du schon immer warst, gilt es hervorzuheben, um es begeistert und bedeutsam anzusehn. Es ist der Abglanz Meiner Züge, der schon, wie der Sonne Strahlen, dein Gemüt erhellt und dir Bewusstheit von dir selbst verleiht in wunderbar beseligenden Massen. Räkle dich und häkle dich in diesem Licht zu Mir empor und sei, was Ich dir Bin, für Zeiten, Ewigkeiten und Verdienste überird'scher

Art, von Mir und Meinem Anhang liebevoll, grossmütig und gediegen ausgegeben.

5.5
Mollig, drollig und verschwiegen sind die Schäfchen auf dem Weidegang, nicht wissend, dass man sie bald scheren wird, um mit ihrer Wolle reizende Gewinste zu erzielen. So gehst auch du auf grüner Au spazieren, unwissend um die dräuende Gefahr, dich auf diese oder jene Art dem Scheren preiszugeben.

5.6
Keine Frage, keine Antwort, nur des Seins unendlich wohlgefälliges Gefühl, dem Ich Verehrung und Bewunderung, Manierlichkeit und Herzensdank entgegenbringe. Alles, was Ich Bin, kommt Mir von ihm und seiner Gotteswürde zu. Was Ich auch immer unternehme, trägt das Siegel und die Spannkraft seiner Geistnatur. Aus Unerschöpflichkeit und Hingegebenheit geboren, lächelt sich das Sein in Mir sich selber zu und findet darin das begehrenswerte Equilibrium und die ersehnte Liebesruh.
Was hab Ich nun davon, dass Ich Mir Meines Seins vorstellig und bewusst Bin im Äonenrauschen? Alles, denn darin kann Ich schalten, wirken und gewalten, wie Ich will, als All-Gewaltiger der Weltensphären.
Alles, alles traue Ich Mir zu im Handeln, Hangeln, Metamorphisieren und Stabil- Erhalten, wie im filigran Gestalten neuer Wirklichkeiten aus des Werdens Myriadenschoss. Nicht hinter Schloss und Riegel halt Ich, was Ich in Gedankenstärke Mir beschwor. Es quirlt und sprudelt ungestüm und

tapfer, wohlgefällig, sinuös und maienhaft hervor im Lebensweltgewoge. Unerschöpfliches geschieht in Mir und Meinen Bastionen, vielgeschmückt und viel gepriesen und von Äolsharfenklang begleitet, den Ich liebend gern Mir zur Erbauung intoniere. Forsch und zaghaft, ungestüm und hochsensibel geh Ich vor im Wunder Meiner Vielgewandtheit in den Vielen. Du bist eine Meiner Eigenarten, die Ich gütlich und voll Inbrunst pflege, bist Meine Augenweide und Mein köstliches Idol im Wirkkreis Meiner Wundertaten.

Aus Erkenntnis wird Geständnis des Erhabenen, das Ich Mir Bin und dem Ich aller Himmel Glorie und Heiligkeit verdanke, seinsgelassen und loyal. Mir selber gegenüber Bin Ich aller Welten gütiger Erhalter und Gespan und sehe Mich in ihnen Meine Wunderkraft und Zartheit, Myriadenfältigkeit und Grazie verbreiten.

5.7

Ich hab Mich an die Welt verloren, Bin es aber nicht. Bin in Meinem Sein nicht hörig dem Gesetz der Horen und ihrem beutegierigen Gewicht. Ich habe von Mir nichts zu fürchten, weil Ich die Furcht nicht kenne offenbar. Und wenn Ich ihren Namen nenne, ist's aus dem einen Grunde zwar, weil sie die Welt beherrscht, in der die Dinge wesen, gebieterisch von Jahr zu Jahr, als wäre alles ihr erlesen, was Ich aus Schöpferlust gebar. Doch was Ich immer aus dem Sein verschenke, muss auch von ihm gesegnet sein und was Ich dazu noch bedenke, ist, dass es flutet wieder zu Mir heim. Wozu denn alles finstre Zagen, wenn doch das Endliche dem Anfang gleicht und alle Tore in den Himmel ragen, glorios, verführerisch und lichtgetragen.

5.8

Resoluter Botengänger Bin Ich für die vielen, die sich karge, doch gesunde Kost aus Meinen Schalen wünschen. Da ist nur zu hoffen, dass sie damit den verletzlichen Strukturen ihres Wesens keine Not bereiten.

Tatkräftig und entschieden musst du Mich auf alle Fälle sehn und dabei gewärtigen, dass du robusterweise angefasst, unzimperlich versorgt und danach auf dich selbst gestellt gelassen wirst in Meinem schicksalsträchtigen Ambulatorium.

Resolutheit kann dir nimmer schaden, weiss Ich zu berichten. Denn der Lernprozess, den du in Meiner Fakultät erfahren sollst, wird durch geziemende und oft auch striemende Strenge stimuliert von Mir und Meinen Seinsgenossen. Tapfer, zäh, entschieden und in Meinem Reiche designiert muss jeder sein, der bei Mir Punkte, Lob und lächelnde Bestätigung finden will für sein Reüssieren in der Kunst des Akquirierens göttlicher Substanz und Güte.

Denke nie, es sei zu viel verlangt von Mir. Denn Meine Art zu fordern, ist noch immer wenig im Vergleich zu dem, was Ich in Universenweiten von Mir selbst verlange in unendlich taffem Tun. Selbstmitleid ist nicht am Platze, wo Geschmeidigkeit, Entsagung, Virulenz und Makellosigkeit zum besten Ziele führen. Nicht prüde, aber rüde Bin Ich dorten, wo es gilt, den Hebel vollgewichtig anzusetzen, um das Höchste zu erreichen, das da zu erringen ist im Gottesreiche, ohne Wenn und Aber, Fasnacht und Falaria.

Das will noch lange nicht bedeuten, dass mit aller Strenge auch die Herzensgüte wohlgesinnt einhergeht, um das Ganze angemessen, überlegt und wohlbekömmlich abzuschliessen. Ich Bin der Allerletzte, der nur um des Züchtigen Willens züchtigt, denn Meine Rute soll allein dem Fortschritt dienen. Schliesslich kann dich nur der Einsichtsmangel auf das Glatteis führen, das dich stürzen lässt im Nu. Siehst du aber, was dir Not tut und vollbringst es, ist die Herzenswärme schon bereitet, um dir alles zu vergelten, was du heldenhaft erduldet und getan.

Kommet ihr Gesegneten, wird es dann heissen, und erfüllt den Himmel reinen Seins mit glückerfülltem Dasein und unnennbar zärtlichem Verbundensein mit Mir. Denn hier ist alles von dem Einen, Unvergänglichen und Wahren inspiriert und inszeniert in ewigem Umwinden und Befinden, Segen spenden und den Wesen allen gütevoll begegnen.

Was dir blühen soll, ist in dein Blut geschrieben und was dir, von Mir, zukommt, ist das Beste, was dir frommen kann und was dich in des Herren Gärten, wie ins strahlende Bewusstsein des Allherrlichen und Allerfüllenden, Allgütigen und wunderbar Gefälligen führt.

5.9

Ich mache Mir ein Fest daraus, die hoch entwickelten Geschöpfe dort mit wunderbaren Freuden zu begaben. Ich raste Mich bei ihnen ein an jener Stelle wo sie sind, dämpfe Ihren Hochmut und fache ihren Willen an, Mein Werk tiefinnig zu bewundern und Mir damit Referenz und Anerkennung zu erweisen.

Wo geht die Reise hin, will Ich nun fragen? In ganz geringen Schritten Meinem Reich und Hofrat, Sanktuarium und Seinspalast entgegen. Es finden sich und binden sich die Geister in der Wohlgefälligkeit Elysiens, sowie sie bei Mir angekommen und verherrlicht worden sind. Ich verleihe ihnen ungesäumt den Ritterschlag der Jugend- und der Tugendfrische, der sie fähig macht, sich im Zirkel Meines Gegenwärtigseins gehörig zu benehmen.

Wahr soll sein, was immer Ich verfüge und wahrhaftig Meine Schritte, einem Ziel entgegen, das man schon greifen kann mit einem kühn geschwungenen Gedanken. Es ist die Antwort auf die bange Frage nach dem Sein der Welten, wie der Wesen, die in ihnen ihren Takt, ihr Resümee und ihren Anstand finden. Was bist du denn und willst du anderes bedeuten als das, was Ich dir Bin, wenn alle Kräfte Meiner Signatur von Mir zu dir herniederfliessen. Es ist ein stetes Mich-Veräussern in die Weltnatur und zugleich eine Gabe an Mich selbst im All-Gefüge, das Ich Mir zu Recht und Willen angeschafft und anerzogen habe.

Könnte es denn sein, dass Ich in Meiner menschlichen Natur Mich selbst erkenne, als das Höchste, das da ist im geistesgründlichen Revier? Es muss so werden, sage Ich, weil dieser Anspruch Mir und damit dir die höchste Seligkeit bedeutet, die zu erringen ist im ausgebreiteten Allhier. Die Einung im Bewusst-Sein wird erfolgen und dich reputabel machen vor der Myriadenschar der götterlicht Gewordenen. Du steigst in deinem Seinsgefühl, als auf der Jakobsleiter, himmelan und berichtigst, was du irrtest, im wahrhaftigen Erkennen der gottseligen Gefilde, die dir schon immer auserlesen waren.

Komm und anerkenne, was du Bist, erhöre Mich und lass dich auf den Schwingen des Vertrauens und der Gottgefälligkeit in Mein erhabenes, holdseliges Bewusstsein gleiten.

5.10

Von Epoche zu Epoche ausgeprägter ist Mein weltenschaffendes Sensorium von überird'scher

Qualität und von des Gottesgeistes feierlichen Gnaden. Von Mal zu Mal in höhere Beschwingtheit transponiere Ich Mein strahlendes Gewissen in der Schau, auf was Ich Bin in Mir und in der Sternenbruderschaft allweit, gewinnend und erhaben.

Ich stütze Mich auf die bedeutungsvolle Myriadenschar der Wohlgesinnten, die das Weltenethos fördern und ihm unbedingt die Stange halten liebevoll, gedankenschwer. Und du? Wie sicher kann Ich auf dich zählen und auf deinen Sinnspruch der Gerechtigkeit am Leben? Wenn es eine Weltenhoffnung gibt, so ist es die auf das Gelingen Meiner Planungen im Chor der seinsgewandten, mustergültigen und paritätischen Verfechter Meiner Züge, geisteswissenschaftlich und bewusst gesehn.

Niemand, der sich kennt, kann sich dem Trug ergeben, dass es Mich nicht gibt in ihm. Denn Meine Stärke und Brillanz, Behutsamkeit und sagenhafte Weisheit sind ihm geistesstrahlend offenbar.

Du beginnst zu ahnen, dass im Jetzt die Weltenstunde schlägt für die Erkenntnis Meiner Souveränität in jedem Detail der Geschichte virulenten Aufstiegs in bewundernswerte Geistesregionen. Noch ist es nicht zu spät, dort wo Ich verankert bin, gezielt und treulich Meinen Ratschlag einzuholen, um die Weltenlage zu verbessern und ins Wohlbestallte und Manierliche zu ziehn.

Was immer Ich bedenke, trifft im Kosmos auf die Myriaden eigenständiger Gedanken, die von Mir ausgegangen sind und die sich bestens in der Kunst, sich selbst zu sein, bewähren. Sie sind und sind doch allesamt in Mir gebündelt zu der einen, unvergleichlichen Struktur der Gottesmündigkeit, die sich das All zur Wohnstatt und zum Wirkkreis auserlesen.

Gelobst du, Meinen Stil und Meine Rechte in dir einzuhalten, reguliert sich alles, was du tust, nach Meinem göttlichen Befinden und du wirst frei von Sorgen, Sanktionen, Ärgernissen und Querelen sein in deinem Dich-für-Mich-Verzehren. Unversehrt und makellos sollst du durch Meine Geisteshallen schreiten, als ein Herold der Glückseligkeit, dem männiglich vertraut und der im Strom der Himmelsmelodien selber Klang ist, Harfenspiel und klingendes Major. Sendbote eines gotteswürdigen Befindens sollst du sein, wie Ich es dir verordnet und verschrieben habe. Ohne Zweifel bist du fähig, Mir die Wünsche für das Heil der Welt manierlich von den Lippen abzulesen. Denn es heisst: nach Meinem Wort zu tanzen, ist unsterblich schön. Erbarme dich der Vielen, die noch wunden Fusses durch die Wüste der Verirrung am erbarmungslosen Weltgewissen gehn. Sie zu behüten, schwärme aus und für ihren Fall den rechten Ton zu finden, mache dich subtil, damit dein Wirken Früchte zeitigt himmlischer Natur.

So ist, was Ich hier eingesetzt und aufgeschlossen habe, wie ein immerwährendes Gebet um wohlgefälliges Zusammenfliessen aller Dinge im Allhier und um die Wonne, die daraus ersteht für die, die ihr Bewusstsein in dem Garden Eden etabliert und ins Glückselige gezogen haben.

5.11
Im Almanach der guten Taten Meiner Zeit sind auch die Deinen wohlbedacht und feurig eingetragen. Es ist das Weltgewissen, dem du dich zu unterziehen hast und das dich anstösst, wenn du irgendwo gefehlt. So kommt es, dass du besser gleich „dein Wille, nicht der Meine" vor dir selbst gestehst, damit Ich Regelmässigkeit, umfassendes

Zusammengehn und Anstand in das Weltgetriebe senken kann, nach Meinem götterlichten Gusto und Belieben.

Wer sich immer weise deucht, versuche Meiner Weisheit auf die Spur zu kommen, denn es gibt nichts genialischer Getinktes und Verbindlichers, als Mich im All der Welten, dem sich alle Züge und Bedingungen aufs Tunlichste und Sonnenklarste eingeprägt und eingemittet haben.

So auch in dir. Du weisst es nicht und magst es kaum ermessen, mit welcher Inbrunst und Bewegtheit Ich in dir agiere und Mein Spekulantentum verwirkliche, um daraus Grossgewinne zu erzielen. Doch die sind seinsgeschwisterlich an dich gebunden und entstehen und vergehn nach deinem Grossmut oder kläglichen Versagen. Du bist es, der die Fäden deiner Selbstbewusstheit und Entschiedenheit in Händen hält, um Meinen Plänen zuzudienen oder sie brutal und selbstisch zu durchkreuzen in der Tage wunderlichem Ritual.

Gehorsam bis zum Geht-nicht-mehr ist angesagt im Zuge Meiner Dispositionen, Meiner Weltgewandtheit und dem Ruf, Unendliches und Fabelhaftes zu vollbringen. All das wird dich beglücken, wenn du Mich darin erkennst und damit Seelensicherheit und Unbeschwertheit, Tapferkeit und Liebenswürdigkeit gewinnst. Halte Wache bei dir selbst und halte die Gedanken und Gefühle in der Schwebe Meiner Seinsgewissheit und Reserve. Ich intendiere eines, dass du restlos in Mir aufgehst, als im All der Sterne, die von Glückseligkeit und Anmut, Fabelhaftigkeit und Grazie triefen.

5.12

Meinem Palmarès ist nichts mehr beizufügen, weil schon alle Tücken, Bonitäten und gerissnen

Akrobatiko in ihm enthalten sind in Meiner Karriere als bewusster Kämpfer und begeisterndes Idol. Alle müssen sich mit Minderem begnügen, weil das Begehrenswerteste von Mir schon ausgeschöpft und elegant errungen worden ist im Handumdrehn.

Das soll dich keineswegs verdriessen, denn in diesem sportlichen Szenario nimmt jeder haargenau die Stelle ein, die ihm nach seiner Leistung auch gebührt und von Mir zugeschlagen wird. Ein einig Ziehn und Zischen, Sputen, Stemmen, Bodigen und Wischen soll in Mir vonstatten gehn, um eines frohen Wettlaufs Willen, der die Muskeln stählt und die Gesinnung fördert, das Erstrebenswerte mit Geduld und Wagemut, Gewissenhaftigkeit und Selbstvertrauen zügig zu erreichen.

Es ist Charakterschulung, die Ich in den Übenden betreibe und Charaktervolle will Ich um Mich scharen, um das Werk der Menschlichkeit und würdigen Präsenz in allen Lebenslagen zu vollbringen. Akkurat durch Mich soll alles besser, schöner, wohlgestalter und gediegener werden in der vielen Lust und Lebensspiel. Machst du mit, wird helle Freude in dir klingen, strengst du dich tüchtig an, wird dir Bewunderung sicher sein und reicher Lohn für dein allherrliches Betragen.

5.13

Modernsein ist das Zauberwort, mit dem sich Millionen schmücken, um zu zeigen, dass sie mit der Zeit gehn und damit auf bestem Wege sind in ihrem Streben. Jedoch: allem Neuerschlossenen gehörig Referenz erweisen zeitigt weder Fortschritt noch Final in Meinem Sinne. Denn die Masse lässt sich wie die Herde bald dahin, bald dorthin führen, wie es eben Brauch ist im Sich-selbst-Genuss-

Bereiten. Was Ich aber will, ist wohlbedachtes Handeln nach der Eigenart, Bereitschaft und Regie des Einzelnen, der sich entschieden anstrengt, genuin und ausserordentlich zu sein in seiner Strategie der gloriosen Taten vor sich selber, wie der Welt, in die er sich geboren sieht. Diese Haltung aber ist so würdig Meiner eignen angemessen, dass Ich sie nur loben kann und unterstützen in der Gangart, die Ich selber Mir beschwor.

Nicht bieder, aber biegsam und geschmeidig soll dein Auftritt auf der Weltenbühne sein, so dass sich jedermann genötigt sieht ihm tüchtig Beifall und Bewunderung zu spenden. Das soll im Gebot der Stunde, wie im unverblümten Nachhinein geschehen, das die gute Meinung festigt und dem Fabelhaften feierlich die Stange hält im Salutieren. Wisse aber, dass im Grund genommen aller Ruhm nur Mir gehört und Meinen meisterlichen Wundern.

Magischer Moment, wenn du zum ersten Mal in deinen merkantilen Tiefen Mich erkennst, als das geheimnisvolle Wesen, das, unfasslich dem Verstande, deinen Seinsgrund bildet und dich zugleich in die Sphären der Unendlichkeit erhebt. Damit wirst du dir bewusst, dass du das seiende, unsterbliche und makellose Agens aller Welten bist, von dem die Lebensdinge ausgehn und zu dem sie wieder fluten ins All-einige, glückselige Revier.

Nie wirst du schwinden, aber dich in allem immer neu erfinden, als des Gottes liebelichter Strahl. Darin Bist du Mich und darfst dich selber mit Bewusst-Sein taufen. Das ist grandios und richtungweisend für die Welt und wunderschön, denn es enthebt dich aller Sorgen und erhebt dich unverzüglich ins Elysium von Meinem Wohlstand, Meiner Sitte und Gewähr. Herzenswonne ist, was du erfährst und Grazie des Himmels, die dich mild umrieselt in der Schau auf deines Seins

Erhabenheit, Holdseligkeit und Widerhall im nie verebbenden, vollkommen reinen, lichterfüllten Chor.

5.14
Rosinchen picken aus dem Kuchen des vernünftigen Agierens ist so süss, weil es Erfolg und glänzende Moneten generiert. Dabei ist zu bedenken, dass Erfolge weltlicher Natur dein strahlendes Bewusstsein Zug um Zug an die profanen Dinge binden, die es regelrecht zu ihrem Sklaven machen wollen. Das ist dann eher bittersüss zu nennen und bedingt ein forsches Ringen um die Unabhängigkeit in Sachen Geld und Gier, Besitz und Macht in deinem rigurosen Laborieren.

Das Prinzip des Menschenseins ragt über das der Tiere weit hinaus, die unbedingt dem Trieb der Selbsterhaltung folgen. Menschsein heisst genau, Bewusstheit von sich selbst erringen und damit der Herr sein über Tun und Lassen irgendwo.

Das befreit dich von den Dingen und bringt Raum für schöpferfreudiges Bedenken deiner Lebenssituation, wie für den Mut, dich höher einzuschätzen, als du vordergründig bist, in deinem Habitus und Ritual. Erkenne, was Ich Bin, ruf Ich dir von Meiner Warte zu und schon hast du dich selbst erkannt Mein liebes Wiesel der Gefälligkeit am Sein und Leben. Deine Meisterzüge sind die Meinen, musst du wissen und dein Duktus reagiert subtil und unverfänglich auf den Meinen im Geviert der Tage, wie im Unermesslichen, das Ich Mir zum Auferhalt erwählt.

Einigsein mit dem, was ist, muss dich getrost und tatenfroh ins Künftige führen. Eine überird'sche Variante deiner selbst bescheinigt dir das Eherne und Unvergängliche, dem du dich liebreich und vertrauensvoll dahingegeben.

5.15
Oh Gott, oh Gott, klar ist der Ausdruck, klarer noch, was ihn bewirkt in geistesabenteuerlichen Gründen. Es strahlt, es hellt sich auf, wo Ich Mich finde, makelloses Seinstheaterspiel. Du glaubst es nicht und glaubst es doch, dass sich ein Geistreich etabliert hat über dir, das sich in wunderbar geschliffener Gedankenschärfe und Verträglichkeit in dir, wie Mir, begegnet.

Nun gilt es das, was ist, zu modulieren und in ständiger Beweglichkeit zu halten formenschön und fabelhaft, wie graziöses Silberwölkchenspielen. Von keinem je gesehn, beeinflusst und berührt, bewegt sich alles, wie im Tanze, um Mich her, derweil Ich seine Mitte bilde und den Anker, wo sich staunenswerterweise alles anlehnt und die Lebensdinge ihren Halt und ihre Würde, ihre Strahlkraft und ihr Equilibrium finden.

Trautes In-Mir-Sein, Ich liebe dich seit immer zeitenlos und zierlich, wie du bist, Mir zugewandt und abgekehrt zugleich, vermummt und doch enthüllt in mannigfacher Weise, wie das Bild der wendig klugen Tänzerin.

Wie kann es sein, dass Ich Mir alles Bin im Weltenzaubergarten? Weil Mich die Einheit schuf, die nichts aus sich entlässt und ohne es noch selbst zu sein in unerschütterlicher Liebenswürdigkeit und Treue, Wachheit und Gediegenheit. Nichts kann Mir fehlen, weil selbst Meine Fehler in Mir ihren Fortgang und ihr Bleiben, ihren Sinn und ihre Sehnsucht generieren.

Meister Meiner eigenen Affären, Bin Ich auch der sakrosankte Träger und Beförderer der Deinen im empfindlichen Gedankenarsenal, das Ich mit Vehemenz und Listigkeit betreibe. Was immer Mir entgleitet, ist gespickt mit Witz und Wärme, Wohlgemutheit und Verbindlichkeit, die einem Gotte trefflich ansteht in des Geistseins überschwänglichem Talar. Bin Ich nicht hier, so Bin Ich dort und kann auch hier und dort zugleich sein in der Seinsallegorie, die überall und nirgends fassbar ist von dir.

Was Mich betrifft, ist Grenzenlosigkeit, Gutmütigkeit und Mündigkeit Mein unerreichtes Ziel in allen Disziplinen Meines Handelns und aufs Zärtlichste In-Mir-Bestehn. Wo Bleibendes und Flüchtiges sich liebestraut, verständnisvoll und graziös vereinen, Bin Ich da, als würdiger Vereiner und Pastor. Du hast nur Ja und Amen noch zu sagen zu dem allerwürdigsten Geschehn, das Ich in deinem Sinnkreis inszeniere und musst dich willens, nillens auch zu dem bekennen, was du nimmer willst, weil alles Meiner Prägung und Gesittung, Genialität und Biederkeit sich fügen muss im Handumdrehn. Wovon Ich Kenntnis habe, sei auch deines Wissens Solitär im Glanz der Stunde, die ihn offenbarte. Deine Züge sind vom selben Licht, wie Meine, wunderbar beschienen und lassen keinen Unterschied erkennen im Bewusstsein ihrer selbst, als Sein und Sicherheit des Ewigen in Anmut, Wohlverstand, versierter Wonne, Sanftmut und Glückseligkeit in den, von Mir, bereiteten und voll bewohnten Geistessphären.

5.16

Ich führe Mich zur Gotteswohlfahrt überall in der Gewissheit Meiner Züge. Radikal und richterlich agiere Ich in eigener Regie gegen jeden Missbrauch Meiner Güter und bestätige, was du schon weisst, dass der Gehorsam und die gütevolle Tat aufs Schicklichste belohnt und ausgezeichnet werden.

Ebenmass und Meisterschaft im blanken, blauen Dasein zieren Mich, wie nichts und lassen Mich in aller Welt als Vorbild, feiner Herr und Hüter allgemeiner Sittlichkeit erscheinen.

Auf Mein Wohl wird täglich myriadenfach und gründlich angestossen. Meinen unerschütterlichen Lernprozess verfolgen viele und erbauen sich daran, wie man an einem grandiosen Schauspiel sich erbaut auf Freilichtbühnen.

Kommst du Mir nah, will Ich dir Zeichen geben der Ermutigung, noch näher und zutraulicher an Mich heranzutreten, damit Ich dir in Flüstertonmanier das Richtige besagen kann für deines Schreitens staunenswertes Ziel.

Ich selber brauche nicht mehr weiter aus Mir selbst hinauszugehn, weil, was Ich Bin, schon alles mit Beständigkeit und Wohlfahrt, Liebenswürdigkeit und Lebenslust erfüllt in wunderbarer Eintracht mit den Meinen. Wohin Ich schaue, flutet Mir Mein Ebenbild und Meine myriadenfältige Natur entgegen und überzeugt Mich von der Brauchbarkeit und Vielgerühmtheit Meiner prächtigen Ideen.

Wer immer Rat benötigt oder Hilfe braucht, klopft voll Vertrauen bei Mir an und immer wird er als beschenkter und zutiefst beglückter Patriot aus Meinem Hause treten. So Bin Ich Mir Mein eigener Berater und Patron, erhebend Mich am eignen Schopf aus allen Nöten und bewahrend Mich in aller Form als Meines Eigenwillens gütestrahlender Stratege.

Wem läge nicht, wie Mir, des Freiseins philanthropische Mixtur am Herzen, die Ich Meinen Erdenbürgern noch so gern gewähre.

Mit Mir selbst im Reinen trachte Ich danach, den ganzen Mir bekannten Umkreis seinsgefällig und salut zu halten, rein im Geiste, wie in der gewissenhaften Tat.

So überkommt es Mich im fortgesetzten Schweigen in dem hellen Feuerzungenspiel von eigenen Gnaden. Locker, liebetrunken und vital erkläre Ich Mich als das Wesen der gottseligen Bestimmtheit und Gewähr, indem Ich über alles wache, was da ist und es voll Sanftmut, Überlegenheit und Stil in Meiner Schwebe halte, segenspendend, delikaterweis in seinsbewusstem Überragen.

5.17
Paradiesisches Geflüster dort, wo Ich Mir einen Reim, auf was Ich Bin, diktiere. Es schmelzen Mir die Worte aus dem Sinn in wundertätigen Kaskaden, die erzählen von der Güte und Gelassenheit, Begeisterung und Grazie des Himmels, deren Ich Mich schöpferkräftig und galant zum Bau des Weltenwerks bediene. Ich schaffe es, die Fahne Zuversicht stets hoch im Zeitenwind zu halten, menge Frieden unter aufgescheuchte Herzen und gelange, Harfenklänge und Gesänge intonierend, feierlich ans Ziel.

Meine Brust ist Hort und Wehr für alle, die da Schutz, Barmherzigkeit und Schelter in der Schande inneren Aufruhrs suchen. Denn es ist mitnichten nötig, dass ein Gottgesandter sich ereifert über Dinge, die so bald von selbst verblassen und verschwinden werden. Zimperlich zu sein, ist nicht Mein Metier, derweil Ich kühnen Schreitens Grandioses und Bewundernswürdiges ins Auge fasse, in Vollkommenheit gekleidet und vom Nimbus der Gottseligkeit beschienen.

Machen Mich die Zeiten und Gegebenheiten schon bedeutend, preziös und prächtig, lässt sich, was Ich Mir im All der Dinge und Gedankenwesen Bin, noch ungleich prächtiger und mächtiger, holdseliger und friedevoller an, derweil Ich Meine Werte makelloserweis und meisterlich verstrahle.

Wer zaubert schon mit so viel Verve, Genie, Behutsamkeit, Voraussicht und Begaben Neuigkeiten ins Gemenge abgestandnen Tuns und leistet sich den Luxus, hoch Verehrtes, unnütz Künstlerisches auf den Markt zu bringen, das entzückt, verwirrt und selig macht zugleich die staunenden Gemüter.

Was nun dich betrifft, ist in dir alles, was Ich Bin, genauso zu erreichen, denn Ich habe dir die Gabe des Vergleichens, Kraft und Saft und Mut und Hemmungslosigkeit mit auf den Lebensweg gegeben. Wendest du dich vif und wendig deinen inneren Talenten zu, erreichst du, was du immer willst, weil Ich dich dabei unterstütze in gediegner Grossmanier.

Licht und lau, sanftmütig und erhaben, wie Ich Bin, niste Ich Mich ein in jedes Wesen Meiner All-Natur und Bin in ihm Mich selbst in götterlichter Glorie, Genügsamkeit und Wonne, geistvoll, kapriziös, kulant und seelenselig, bunt und wunderbar.

5.18

Geradewegs im Ziel liegt alles, was in Meiner Hemisphäre angekommen ist in fortgesetztem Sein und Siegen. Wer sich von Mir angezogen weiss, beschleunigt seine Art und Weise fortzukommen unfehlbar, um der erhabenen Gefühle Willen, die ihn bei Mir unverwandt empfehlen.

Bist du so, so kann dir nichts Bedauerliches mehr geschehn, denn Meine Kräfte sind von unschätzbarer Virtuosität und Attraktivität im Fach des zärtlichen Umfangens aller Wesen, die da sind und sind dazu berufen Meinen Hof und Meine Heimstatt zu bevölkern, gestillt und selig, strahlend von Bewusstheit sonnenklar.

Was Zug erzeugt, muss alleweil geliebt und seelenvoll bewundert werden in der Euphorie des Nahseins, wie in der daraus erblühenden, unnennbar süssen Sympathie. Kein Wunder, wenn der Tross begeisternder Gedanken dich Mir zuführt unfehlbar und seeleninnig in der Kunst des Liebeflüsterns. So ist meine Weise bestens dazu angetan, Verklärte und Verbündete zu sammeln und dem Himmel Meiner Huld und Herzensgüte zuzuführen.

Mich triffst du nie, weil du schon immer all so sehr von Mir betroffen bist in der Verewigung der guten Gaben, die von mir in deine offnen Schalen fliessen. Mein ist dein, will Ich dir im Vertrauen sagen und dir damit bedeuten, wie sehr Ich dir verbunden Bin mit allen Fasern des Geschicks und der geschickten Wendungen, die uns zumal zusammenführen.

Was soweit gediehen ist, gedeiht im Kleinen wie im Grandiosen, immer mehr zu einer einigen Doktrin von wunderbarer Schöne des Gestaltens neuer Sinngedichte, Preziosen, Künste und gediegnen Offenbarungen im Reich der Götter, die hier unbedingt das Sagen haben. Manifest der Tugend, ewigen Jugend und Gewissenhaftigkeit sind sie, soweit das Auge reicht in ihren Reichen. Bist du einer von den ihren, lässt sich alles, was du äusserst, wie verinnerlichst, dezent und allerbestens an in deinem Mich-Umrunden - und begabt dich mit dem Aufwall purer Seinsgerechtigkeit und Liebe zum All-Höchsten, die dir innewohnt in meisterlichen Zügen.

So gewinnt Bedeutung immer mehr, was Andacht und Entschlossenheit gewinnen soll, selbander zwischen dir und Mir, und lässt sich schliesslich nimmer unterscheiden. Seinsergriffen und begriffen sollst du sein im Wunder der glückseligen Gewähr, die Ich allüberall verbreite, lächelnd, sieggewiss und wahr, vertrauensvoll und gütig, makellos und seinsbewusst im Wunderbaren.

5.19

Okkultes lasse besser bleiben, wenn du es allein mit Sachverstand sezieren willst, so wie man Leichen auseinanderdröselt, um dem Leben darin auf die Spur zu kommen. Die Erkenntnis deines wahren Wesens kann nur in der Innenschau geschehn, wo Ich im reinen Geistgebiet das Zepter führe. Für die Wissenschaft ist wirklich was sie sieht, für Mich, was Ich vertrauensvoll erfühle. Beides soll schlussendlich eine Einheit bilden, um das Weltenwesen darzustellen unter Einbezug des Schöpfergeistes, der Ich Bin und der in allem west und wirkt und Tugend, ewige Jugend und Wahrhaftigkeit verbreitet.

Meine seelenvolle Spur zu finden ist die höchste aller Künste, die da sind und ihren sagenhaften Ruhm verbreiten wollen. Das personale Ego hat hier nichts zu schaffen und verschwindet vollends in dem Welten-Ich, das Ich Mir Bin und das Ich ewig unverwüstlich bleibe.

Meiner Weisheit Stärke kommt von Mir, derweil die Deine annektiert ist, gänzlich von der Meinen. Mache dir zu Nutze, was Ich deinem Sein mit auf den Weg gegeben. Geringes wird durch Meinen Zuspruch zur Bedeutsamkeit erhöht, Angeschlagenes geheilt und Sprödgewordenes gegerbt, bis es geschmeidig ist im Auf und Ab der Lebenstage.

5.20

Ein gelungenes Konzept ist nimmer zu verachten vornehmlich, wenn die Lage arg verworren ist und viele Ängste in den menschlichen Gemütern zirkulieren. Was da Mich betrifft, ist leicht zu definieren in dem Sinne, was Ich Bin: Gewähr für absolute Sicherheit und Seelenstärke, schöpferisches Flair und der erklärte Wille durchzuhalten, wie es sich für einen Gott geziemt, dem alle Kräfte, Säfte und Ressourcen in verschwenderischer Fülle zur Verfügung stehn.

Nun zu deiner Situation im Hochgebet und Supermarkt des Lebens, die ebenso die Meine ist. "Ich wache auf zu Mir", sei deine einzigartige Begier, ist hier getreulich zu bemerken, denn im Bewusstsein deines Einigseins mit Mir ist aller Hader und ein jegliches Hiobsgefühl hinweggeblasen. Deines Geistes Zustand und Salut ist vollends Meinem angeglichen und erfährt sich in der Wirklichkeit und Wonne, Zuversicht und Edelmütigkeit Elysiens. Es ist die Hochfahrt in die Stille des Begreifens aller Gegensätzlichkeiten, wie der wunderbaren Harmonie, die in der Einung mit dem Einen sich vollzieht. Du Bist in ihm und feierst deines Freiseins fulminante Fabelhaftigkeit in Meinen Geistessphären. Denn es tragen sich dir Meine schöpferischen Phantasien in erhabener Beredsamkeit und Fülle an, um dir den Wert des Seins und seiner Dauer aufzuzeigen. Du bist Mein Sinngedicht und Meine Gottesgabe und erfüllst Mein Sehnen mit Begeisterung, Vollendung und Relieve, indem du deines mit derselben Inbrunst, Wohlgemutheit und Erhabenheit begabst.

6

Allumfassende Bewusstheit

6.1

Wer immer dominiert, hat auch das Sagen in der Wirklichkeit von seinen Reichen und Errungenschaften - und der Bin Ich in Meiner allumfassenden Bewusstheit und Gebärde. Vielerlei ist einerlei für Mich und Meine seinsbewussten Bürgen für Beständigkeit und Wohlfahrt, Meisterschaft im Dienen und Jonglieren.

Donnerwetter muss Ich keine inszenieren, weil sich hier die Freunde absoluter Stille und Beschaulichkeit, Regelmässigkeit und Tugend eingefunden haben. Teilzeit bist du stets geneigt bei Mir zu leisten, aber Ich will deine volle Seinspräsenz in makellos, adrett und unauffällig sitzender Montur, derweil dein Auge strahlt von inniger Begeisterung am Werk, das du für Mich errichtest, licht und magistral.

Um sich aufzuputschen oder mit euphorischer Bewegtheit zu versehen, nüchtern, flink, bedachtsam, feierlich und fröhlich, treten die Verständigen des Seins die Stelle bei Mir an und lassen sich von nichts beirren in der fabelhaften Leistung, die sie zu vollbringen haben. Ich erkläre dich als fähig, all dies auch zu tun, was nur die Allerbesten, Würdigsten und Wägsten für Mich unternehmen.

Mit Geduld und Zuversicht in wohlgemessnen Raten erreichen die Geliebten Meiner Kunst - gebührend zu addieren, was Ich will und was sie wollen in demselben meisterlichen Zuge. Mache dir kein Hehl daraus, dass du Mir mit Haut und Haar verschrieben bist; doch was du von dir gibst, wird dir viel hundertmal zurückerstattet in den feierlichen Ehrungen, die Ich für dich und deinesgleichen ausersehen habe.

So nimm denn hin, was dir gebührt und winde dich und finde dich in Gottgefälligkeit, Glückseligkeit und auserlesner Würde wieder. Aufgenommen in das Reich der Seligen verrichtest du in allen Landen, was dir frommt, bezaubernd wirkungsvoll, wahrhaftig und gediegen.

6.2
Unwiderstehlich drängt Mein Rufen dich zu einer Stellungnahme über deines Seins Befinden. Nicht viel Gescheites wirst du dazu während Generationen sagen und empfinden können. Doch einmal wirst du wissen, dass du Bist, ein Angebinde Meiner Dignität von Gottes allerwertesten und sinnerfüllten Gnaden. Das will die waltende Gerechtigkeit mit Vehemenz erreichen, dass du deiner selbst gewahr wirst, als das Wesen Meiner Kompetenz und Überlegenheit, das Sinngedicht der wahren Wirklichkeit im Geiste, wie das Absolute in des Relativen reisserischem Chor.

Als Wissender wirst du dein Urteil über Welt und Kosmos subtilieren und allgemein auf das Unendliche beziehn, das ist das Sein und ist zutiefst auch deines Daseins Würde, Wirkung, Preziosum und Talar. Jawohl dein Umhang Bin Ich, wie dein Innesein von ewigem Bedeuten, wie von unveräusserlicher Jugendkraft und schöpferischem Flair.

Besinne dich auf was Ich Bin und bekenne dich zugleich zum alles überragenden Gedanken, dass du Bist Mein Sein in aller Form und Sitte, Wohlgelungenheit und Liebeswahl. Damit erreichst du grenzenloses Freisein von jedwelchen Nöten und erfüllst dich mit der Freude über das Gelingen einer Schau von wahrhaft überirdischem Bedeuten und Bestehn. Nicht was die Sinne meinen, ist, doch was du als dein Sein erkennst, darf sich als Vater aller Dinge und Gewirke, Kostbarkeiten und Erfindungen bekennen.

Lausche, lichte und berichte, was du in dir siehst und sei, elysisch, gottgesegnet und gewandt geworden, deiner Hochfahrt Zeuge und dein Seiens wunderbar gestillter und gerechter Kapitän.

6.3

Mauerblümchen sind gefährdet, weil sie die grossgefächerte und rasend schnelle Welt nicht kennen, so auch du, weil deine Ansicht von der Vielgestaltigkeit der Geistessphären blümchenhaft beschränkt ist, folgenschwer.

Du lebst in Träumen über etwas, was so wirklich ist, wie jede Krume Brot, die du verschluckst, um dich genüsslich zu ernähren. Dabei nährt jedes Wort aus Meinem Munde deiner Seele geistgebildetes Revier und lässt sie in sich selber Seligkeit eratmen.

Wünschest du Sukkurs in deines Lebens Varieté und Spintisieren, trag Ich Mich dir an, als Einziger, der dich in allen Schichten und Geschichten, Tändeleien und Kaprizen kennt und dich beraten kann fürs eigenständige Agieren.

Du bist bei weitem noch nicht der, für den du dich in guten Treuen hältst in deinem Wähnen. Da muss Ich kommen, um dir die Regel wahren Lebens beizubringen, die für alle heisst: Ich Bin das Sein in seiner besten Form und Blüte, Bin des lebendigen Lebens Klasse und Parfum. Mein Richtwert ist das Gute, das Ich in Mir trage und Mein Heil das Selbstvertrauen, das Mir hilft den Weg der Liebe und Gerechtigkeit zu gehn. Das Vollendete Bin Ich, dem Ich nur anzuhangen brauche, um wieder in Mir selbst in seinsvollendeter Genügsamkeit, Wahrhaftigkeit und Wonne, mitten in des Lebens Tramp, vergnüglich und erhaben, sanft und seelenvoll zu ruhn.

6.4

Ich Bin der Gott der Treue zu Mir selbst im Pulk der Mir vertrauensvoll und eifrig zugehaltnen Gaben. Regsam, generös, subtil und mütterlich Bin Ich Mein eigen Kind und Kantor, Schwerenöter und Relikt aus längst vergangner Zeit, von dessen Fülle und Gewandtheit Myriaden zehren.

Ich schummle Mir nichts vor, wenn Ich erwähne, welche Universenmacht gezückt in Meinen Händen danach dürstet, Meinem Sinn gemäss ins Zeug gesetzt zu werden. Niemand soll Mich lässig oder schläfrig finden an den schwülen Nachmittagen, wo Ich Grandioses seelenvoll in Szene setze und in jedem Detail feinstens ziseliere, wie Damast auf dem grazilen Rücken einer reizenden Verführerin.

Ich keltere die saftigsten der Traubenbeeren, die da sind, von Meinem vollen Sonnenstrahl gereift geworden. Was das bringt ist Mein Erzeugnis allererster Qualität und Süsse, Labsal und Verträglichkeit für alle, die es rechtlich und salopp, feinschmeckerisch und siebenzart geniessen.

Ich halte gar nicht viel auf Meine Würde, wenn Ich ländlichen Gemüts Geselligkeit mit Eingebornen pflege und gestalte gern ad hoc zu einem Fest für Leib und Seele, was da eben ist im lieben Lebensgarten. Trautheit mit den Meinen ist Mein brüderliches Los und Meiner Seinsgeselligkeit Affäre, die Mich unbestritten zum beliebtesten der Freunde stilisiert, die im lichterfüllten Kosmos der All-Menschlichkeit ihr Bestes von sich geben.

Lausche Meinem Wort und lass es taubentänzerisch im Ohr zerschmelzen. Trunken wirst du sein von seinem Charme, als wär's die Grazie einer Tänzerin, die dich zum Staunen bringt mit ihrer Wendigkeit und Virtuosität, Anmut und Gefasstheit und im triumphgeladenen Erfüllen ihrer Kür.

Das ist, was Ich der Welt und jedem hochentzückten Auge Bin und was du Bist im lebensfrohen und subtilen Gleichklang mit der Gottheit, die verschwiegen in dir west und dich zum König deiner Welt erhebt. So ist's, dass Ich in allem Seienden das Sein Bin, ausgezeichnet und erhaben über alles, was da ist, versunken in sich selbst und seiner Auferstehung harrend in die Sphären der Unendlichkeit und der ersehnten Labsal und Glückseligkeit im gottgesegneten Geschehn.

6.5
Makellos und meisterlich, unverwundbar und salut im Sein zu stehn, ist Meines Daseins Zierde, Zweck und blütenreines Ideal. Kommst du nicht getragnen Sinns in Meine fürstlichen Gemächer, verkommst du zum armseligen Bettler an den Pforten Meiner Fülle, Fasslichkeit, Kunstfertigkeit und Harmonie.

Bist du bereit, Mir alles hinzugeben, weite Ich dein Schicksals Drift, Dramaturgie und Eloquenz zu einem Kräftespiel von göttlicher Brisanz und überirdischer Verfügbarkeit in Mir. So soll es aufwärtsgehn mit der Geschichte deiner himmelstrebenden Ambitionen bis zu Meinem benedeiten Thron und Meiner Schau von allgewaltigen Dimensionen.

Ich bewahre dich vor Unmut, wo du immer deine Rechte vehement verteidigst und dich, als ein Wissender von Meinen Gnaden, mutvoll durch die Lebenswelt bewegst. Deine Stürme sind die Meinen, dein ist Meine Seelenruh, worin du alleweil begreifst, wie sehr Ich deinem Sein vermählt Bin in der Einheit aller Dinge und Gewalten, Äusserungen und herzinnigen Holdseligkeiten, heimzu ins

Gewahren des Unendlichen, das Ich dir Bin, in wunderbarem Seinsgenügen.

6.6
Bestens ausgerüstet bist du mit Moneten Meiner Art und Weise, um die aufgelaufenen Verpflichtungen gebührend abzugelten. Mein Marktplatz ist unendlich gross und Meine Weisheit gleicht dem Meer, das niemals ausgeschöpft und ausgelotet werden kann. So giesst sich aus der Fülle, was Ich dir zu deuten habe, doch manches ist für dich noch allzuviel, um schicklich aufgenommen und verdaut zu werden in des Lebens Lustbarkeit und Elegie.

Indes Bin Ich dafür besorgt, dass du des Wanderns niemals müde wirst im Seelenlande und dir alles tunlich merkst, was du in ihm an wunderbar Gedeihlichem gesehn. Es öffnet sich dir manche Sicht in unbekannte Tiefen, die dein Herz erfreut und deine Ansicht von der Welt gebührend moduliert zu einem Bild von überschwänglichem Bedeuten und entzückender Natürlichkeit in Mir.

Was immer du des Erntens würdig hältst, ist von Mir ausgesät und hochgezogen worden, dass du es lächelnd akzeptierst in beglückendem Gewahren deiner Wahl und deinem freiem Dich-dafür-Entscheiden.

Ermanne dich dazu, nur immer Gutes und Gedeihliches zu wollen und erfreue dich an dem, was du dir Bist im Aufwall der Gefühle, wie im wunderbaren Einklang mit dem Göttlichen, das dich umgibt und dich in jener Weise fördert, die dir zusteht und dich voll Sanftmut führt dem Seinswahrhaftigen und seligmachenden Unendlichen entgegen.

6.7

Wächter auf dem Turm sollst du dir werden, Wissender in hohen Graden, damit du alle zu Mir führen kannst im Bunde mit den Geistern der Entschiedenheit, Wahrhaftigkeit und Liebe. Jene, die sich ganz spontan für Mich entschieden haben, sind Gesegnete des Absoluten, das Ich Bin und dem sich alle unbedingt zu unterwerfen haben. Der Stand der Dinge ist von Mir gezählt und bis ins letzte Detail scharf und pastoral im Auge und Gemüt gehalten. Mein Trachten windet sich und findet sich besorgt und ungesäumt um Meine Güter in der Absicht, sie mit pflegender Behutsamkeit und mit dem Reichtum des Gewissens zu umgeben.

Ich klage nicht, wenn Ich die geistig Armen lamentieren höre, sondern helfe ihnen tüchtig auf die Beine um des Weltenwerkes Willen, das sie in Meinem Namen zu vollbringen haben. Sind ihre Hände und Gedanken leer, so fülle Ich sie mit Begeisterung am Sein und liebevollen Sich-an-alle-Lebenswelt-Vergeben. Nicht unnütz sollst du deinen Pfad einhergehn, sondern jede Stunde für das Wohl der Deinen und dein Eignes nutzen auf der Siegesfahrt in Meine Gründe und Begründungen für alles, was da ist und seinen Trieben nachgeht im Betrieb, den Ich gestaltet und aufs Schicklichste verwaltet habe.

Was ist nun dein Ziel, will Ich dich frei heraus und füglich fragen? Fühlst du Einsicht in dir keimen in die Seinszusammenhänge, die da sind und sinngerecht in alle Ewigkeit erhalten bleiben?

Weide dich an dem, was Ich dir vorgesetzt und aufgetragen habe. Berühren dich die Dinge, die du so erlebst, noch wie im Traum, so wirkt doch elementenkräftige Wachheit und Vertrautheit mit dem Ewigen in ihnen. Mache dir das Mass des Göttlichen zu Eigen, das Ich dir und deinem Tross in bester Absicht aufs Allerwürdigste und Werteste bereitet habe. Wie ein Märchen klingt's, wenn Ich dir sage, dass dein Schicksal und Beginn mit Meinem Ende unvergleichlich liebenswert und traut verbunden ist in allen Daseinslagen und Verwirklichungen Meiner Kunst zu sein und sie bis in die fernsten, zierlichsten und zartesten Verästelungen Meiner selbst hinauszutragen.

6.8
Nicht zu zählen sind die Möglichkeiten schöpferischen Treibens, die vor Mir im Schoss der Weisheit und Gedankenschärfe liegen. Ihnen ist ein jedes zu verdanken, das Ich grandioserweise schuf, um so das Weltall reicher, reifer, auserlesener und wohnlicher zu hinterlassen, als es vordem war.

Meine Stärke liegt im diskursiven Denken was zu tun ist, wie, in Meines Willens Macht, es auch gebührend, tadellos und wohlgefällig auszuführen. Trächtige und prächtige Projekte sind in Mir zuhauf vorhanden, deren Charme Mich kitzelt und zur Tat drängt im unendlich schöpferkräftigen Rumoren.

Von warmer Herzlichkeit begleitet ist, was Meines Schaffens Ausbund, Zierde, Wucht und Sattelfestigkeit markiert. Denn was Mir so bekannt und allertiefst verwandt ist, muss sich ja in Mein behütendes Gewissen stellen. Was ist nun traulicher und wohlgefälliger für dich, als in der Überzeugung und Manierlichkeit zu leben, dass ein Göttliches und wunderbar Gefälliges dich schützt und wiegt in wohlbereiten Händen. Baden sollst du dich in dieser Perspektive auf ein immerwährendes Geborgensein in einer Sphäre hin, die deine Nöte kennt und dein Bedürfnis, dich einem Überwältigenden anzuschmiegen.

Für Mich und die Meinen ist das wirklich so und es liegt vor uns ein Weltensein von unnachahmlich götterlichtem Frieden. Von der Illusion, das Wirkliche zu sein, befreit, befinden sich die geisterfüllten Träger der Wahrhaftigkeit in einem Zustand wesenhafter Euphorie am Sein und Leben, die von keinem ird'schen Meister überboten werden kann.

Mir anzuhangen fühlt sich an wie eine mustergültige Parabel auf des Daseins Wert und Wohlbekömmlichkeit im überragend Guten, das ihm die Gottheit gnädiglich gewährt. Kein Mangel weit und breit ist hier zu schauen, währenddem das Auferstehn in höheren Gefilden Urständ feiert namenlosen Wonneseins in Mir.

6.9
Kontakt zu pflegen ist Mir immer schon aufs Trefflichste gelungen, wenn Ich Meinen Pappenheimern etwas beizubringen Mich bemüssigt sah. Es konnte keiner sich vor Meinem seelenvollen Blick, mit dem Ich alles überschaute und erkundete, verbergen. Zudem war es auch Mein gutes Recht allüberall zu wissen, was sich zutrug in der prosperierenden Gesellschaft, die sich ahnungslos, geschmeidig, ungeniert und selbstgefällig durch Mein Sein bewegte. Denke dir, das Bin Ich ebenso und müsste eigentlich erzittern vor der Strenge des Gerichts, das Mich ob Meiner Lässigkeit und Unverfrorenheit den Seinsgesetzen gegenüber unbedingt erwartete im ewigen Allhier.

Auch du sollst die Erkenntnis deiner Ungebührlichkeiten pflegen, damit du sie vermeiden kannst im weiterführenden Prozess des Lebens, das Ich dir mit namenloser Weitsicht und

Besorgtheit, Güte und Empfindsamkeit bereitet habe.

Ein Tunichtgut ist keine Perle im Geschmeide einer königlichen Hoheit, die Ich Bin und lässt sich nur mit Züchtigung gebührend zur Vollendung stilisieren, die Mir zukommt im bewundernswerten Lebensgarten. Fasse dich, bedeut Ich dir und finde Mittel, aus der Mittelmässigkeit emporzusteigen in Mein Licht der Wahrheit und des wahrhaftigen Menschentums im Grünen Meiner Zeit und Meiner Auserlesenheit vor allen Dingen.

Ich weide Mich an Meiner eignen Schöne und bezaubere das Quantum Meines Aus-Mir-Gehns mit Fabelhaftigkeiten von der Art, wie sie die Götter pflegen in der Runde der gesegneten Verwalter und Erhalter ihrer Himmelsgüter. Halte du dich würdig und bereit das Unerhörte, das von Meiner Mitte ausgeht, gebührend zu empfangen und zu estimieren in der Welten Sinn und Tabernakel.

Mach es dir zur Pflicht, was immer Ich dir biete, in ein Höherwertigeres zu verwandeln im Bewusstsein deines fähigen Kalibers und Systems.

Gewinne Achtung vor dem, was du in dir, als Mein Angebot und Windspiel, spürst. Es trägt dich nicht nur meilenweit voran, sondern hoch in Meiner Sternenräume Gluten. Gerade dort bist du von ewigem Götterglanz umgeben und findest die Gelegenheit, dich auf das Geisteswesen zu besinnen, das du Bist und das in überirdischer Beständigkeit und Willensstärke seinen Einstand feiert unter den Verklärten Meiner Schule, Tradition, Bewusstheit, Seligkeit und Fülle, frei, sittsam und gestillt in ewig götterherrlichem Genügen.

6.10

Konzentriert und hautnah Bin Ich deines Seins begleitende Allüre, wie herzinnige Bedachtsamkeit in aller Form und Farbe, die Mir zur Verfügung stehn. Es ist, dass du in Meiner Obhut und Behutsamkeit, Verständigkeit und Wachheit einem Grossereignis sänftiglich entgegengehst: Nämlich der Erleuchtung deines Seinsbewusstseins, Meiner Dignität und absoluten Überlegenheit entgegen.

Es ist dein Schicksals Zauber und Geheimnis, dass du Bist der sakrosankte Hüter Meiner Werte, Tugendhaftigkeiten und erlösenden Mixturen in der silberhellen Seinsstruktur, die Ich Mir Bin im geisterfüllten Kosmos Meines Unterweisens. Instruktor göttlicher Potenz und paradiesischer Gelassenheit Bin Ich Mir selber gegenüber in der bedenkenswürdigen und lichterfüllten Schau, die Ich vor deinem Seinserkennen inszeniere.

Da gilt es, aller Wesen Seim und Sinnkraft aufzurufen, um in bester Übereinkunft und Gepflogenheit mit ihnen Meines grandiosen Weltenwerkes Zünftigkeit und kapriziöse Meisterleistung zu vollbringen. Grenzenlos ist Meine Liebe zu den Meinen, die Ich selber Bin und in lebendiger Bewegtheit, Heiterkeit, Gefasstheit und Ranküre halte.

In die Holdseligkeit der Sterne eingeschossen Bin Ich Mir das sakrosankte Medium der allerersten Wahl und Wirksamkeit im Blauen Meiner Zeit, wie in der Absicht, die Ich für das Kommende begeistert hege. Jeder Furcht abhold bereichere Ich Welt- und Himmelsraum mit Meinen auserlesnen Plänen und gestatte Mir durch sie und ihren Wohllaut des Erfindens einen Mehrwert sonder Güte zu erringen, der Mich ehrt und allen Aufwand noch zum Grandiosen kehrt, das Ich Mir vorgenommen.

Melde dich bei Mir zur Meisterschaft im Minnesang beizeiten an und du wirst leichterdings den ersten Preis erringen in der Kür, die Meinem Willen nachkommt und Mein Erbe füttert vorteilhafterweise bis zum Geht-nicht-mehr.

Das ist ein Facettchen Meiner spiegelblanken Seinsgeschichte, all so wahr, wie Ich Mir Bin der einzige Protagonist, Gelehrte und Agierende in ihr. Es ist Mein Flaum und Flaus, der wirbelt auf der Lebensbühne und Mein glorioser Abgang in die Grazie der himmlischen Gefilde, deren Charme und Süsse Ich Mich immerdar aufs Wohlbekömmlichste und Trefflichste verseh.

6.11

Behutsam und Mein Sein bewahrend geh Ich in den Tag der tausend Lebensdinge und Ergötzlichkeiten, die da sind, von Mir gegeben und geführt, erstrebenswert gemacht und ausgerufen. Wie du wissen solltest, ist es äusserst tunlich und gerecht, bei allen Mängeln der Geschichte Mich als grandioses Vorbild und Konsilium, befruchtendes Agens und leistungsstarkes Forum wissentlich zu konsultieren und zu akzeptieren.

Vollbringst du diesen Kunstgriff und Spagat in deinem Leben, wird es sogleich ausserordentlich erspriesslich und berückend schön. Denn alles, was du Meinem Urteil und Gewichten, Arrangieren und Besorgen überlässest, wächst unverzüglich ins Gedeihen, von Mir angefeuert und belebt.

Immer geht es darum, dass dir hell bewusst wird, was vor deinen Augen abläuft und sich breit macht in der weltgeschichtlichen Allüre, die Ich Mir überall, wie auch in dir, gebührend zugelegt und aufgerichtet habe. Geschwind, geschwind sollst du erfahren, was da wirklich ist und was nur scheinbar kreischt und tutet, rast und etwas richtet im erstaunlich unverwüstlichen Gehabe und Gewicht der Weltnatur. Das ist, weil Ich in allem Meinen Sinnspruch und Begriff, Meine Wallkraft, wie Mein Veto, installiert und eingelassen habe. Meine Funktion ist überirdischer Natur und absolut vonnöten, um dem Ganzen seinen Drall und seine Perspektive, seine Generationenfolge und sein Klangbild zu gewähren.

Restlos in Mir aufgegangen, wirst du nichts als Zeuge Meines wunderbar gesättigten Agierens sein und Mir in jeder Phase deines Abstrahierens und Probierens doch den Vorrang lassen im Entscheiden, was da sein soll in der Folge deiner ungezählten Seinsaffären.

Bist du, bist du immerzu in Mir und darfst dich rühmen, eines Gottes glückliches Geschwader und Gewind zu sein im Zuge der Errungenschaften, die dir eigen. Das macht dich reif für eine Sicherheit und Seelenruh von Meinem Duktus und von Meiner strahlenden Intensität, die ihresgleichen suchen. Sei und sichte, erkenne Mich in dir und trage diesen Schatz gebührlich und getrost in deines Herzens Raum und Rille, Weltenall und wunderbar glückseligem Verlies.

6.12
Kunstvoll und bewundernswert ist Meines Seiens Name in das Universum eingeschrieben. Vom Geringsten bis zum Überwältigendsten zeugt ein jedes Ding von Meinem genialen Duktus, Meinem schöpferischen Flair, wie von der liebevollen Selbstverständlichkeit, mit der Ich aller Welten Sein und Sinnlichkeit betreue. Mehr und immer mehr geschickte und gespickte Züge sind Mir zuzuschreiben, sei's im Wirbeltanz der Sterne oder im

Gemeinwohl der versierten Weltbewohner in der irdischen, wie in der geistigen Struktur.

Mein Konzept ist von der viel versprechenden Idee der Menschengöttlichkeit durchdrungen, die Ich allüberall auf's Trefflichste inauguriere. Sie ist erwiesnermassen aufgebaut auf einer unermesslichen Hierarchie von Wesen, deren Tun höchst sinnvoll und erspriesslich ineinandergreift, dem abergründigen Triumph des All-Seins unbedingt entgegen.

Ich wirke und du wirkst inmitten Meiner Zuverlässigkeit und Zucht, Geschmeidigkeit, Prosperität und Panchemie, wie einer, der da wissend ist um was es geht und was verkündet ist in Meinen generationenlang und -breit gepflegten und geschriebenen Annalen.

Alles, was dich kümmert, kümmert Mich in haargenau demselben Masse, und was von deinem überlegenen Gewalten alle Welt besticht, ist allweit Meinem preziösen Stechen zuzuschreiben.

Gunst um Gunst gewähr Ich dir und allen in der Generosität, mit der Ich Meiner Fülle Drang gerechterweis verteile. Du staunst ob so viel Übersicht und Klarheit des Gewissens, die Ich noch so gern für das Gedeihen Meiner Werke, Werte, Welten und Bedürfnisse verwende.

Das ergibt sich aus der Summe Meiner Weisheit am Geschehn. Indem Ich Mich am Vortrag, Freimut, Finish, Schliff und Wohllaut Meines Seins vollende, läute Ich den Gang in Meine Räume, Sanktuarien und Herrlichkeiten ein für alle, die da sind und Sicherheit, Glückseligkeit und Wahrheit bei Mir suchen. Alles, alles finden sie in Mir, indem sie schlicht und schlüssig ihren Eigenwert erkennen, als von Mir gegeben und geführt ins Reich der Mitte, das Ich Bin und das du Bist gezählt, gestählt und auserwählt im Wunderbaren.

6.13

Mein Sein und Leben geb Ich hin für alles, was Ich kosmisch Bin und habe. Ich läutere Mein Ungestüm im Werden und verwende Generationenläufte darauf, Ungereimtes auszubessern und Bedenkliches zu hinterfragen.

Mein Schoss, Mein Schloss bist du für jeden königlich gerundeten Gedanken, unbändig und erhaben, dass sie sich entfalten sollen, götterlicht und geistesfroh in einem. Deine Zukunft ist die Meine, der Gottseligkeit, Wahrhaftigkeit und Lieblichkeit des Himmels unbedingt entgegen. Du bist in Mir, das sag Ich dir, der Zeuge Meiner Taten und opferst dich, sowie Ich Mich, für alles Wohlgeraten.

Permanente Überwachung dessen, was du Bist, sollst du dir leisten im verschwenderischen Anspruch, den Ich dir gewähr. Leiste dir den Geistesgriff nach Mir, indem du auferweckten Sinns Bedeutendes gebierst.

Wohlan, es tragen dich die Schwingen Meiner Geistesgegenwart hinan zu Meiner Hügel Pracht und Meinem Mich-für-dich-Verwenden. Mein Herold und Mein Ausbund der Geschicklichkeit sollst du beizeiten werden, damit der Wahrspruch sich erfülle: Du bist Mein und Ich Bin dein in jeder Hinsicht auf die Einheit allseits und die allerschlüssigsten Beweise, die beglückend und berückend, stilvoll und galant in deinem götterlichten Sinnkreis liegen.

6.14

Mittellos und karg, ausgezehrt und stümperhaft gehst du durchs Leben ohne Mich und Meine

Benediktionen. Mal dir aus, wie schön es wäre, eines Freundes Freimut, Treue, Grazie und Zuverlässigkeit gewiss zu sein ein lebelang und ohne alle Aspirationen seinerseits, auf was du leisten sollst für ihn. Dieser Freundliche Bin Ich, von dem du Leben und Gesundheit, Seinsgewissheit und Genie erhalten hast, ohne dass Ich jemals Dankbarkeit, Verbindlichkeit und Traulichkeit dafür gefordert hätte. Was für ein Schade, wenn du dies alles nicht erkennen magst und dich an Mir vorüberwurstelst, ohne je den Blick zum Spender alles Guten und Gefälligen zu heben. Es ist nicht so, dass Ich dich je vergesse, aber wenn du Mich vergissest, Bin Ich eben für dich wie nicht da in deinem weltgewandten Grossbetriebe.

Weil du es unterlässest täglich, sorgsam und erfinderisch in dich zu gehn, verblasst, was Ich dir Bin und deine Sehnsucht geht ins Ungewisse, ohne Halt und Widerhall, Wahrhaftigkeit und Wärme zu erfahren. Ich aber unterlasse es mitnichten, unentwegt in dir die Glocke des Gewissens anzuschlagen, bis du ihren Klang vernimmst und seinem Ursprung nachgehst, unvermittelt und gedankenlos, freudig und entschieden.

Das ist dann das Wunder der Bekehrung zum All-Göttlichen in dir und zur Erkenntnis Meiner Wesenszüge. Froh und heiter, dankbar und gestillt ruhst du dann in Meiner Schwingen Abergründigkeit und im glückseligmachenden Mein-Sein-in-dir-Gewahren. Hell und heil bist du in Meinem Reich der hunderttausend Gnaden und besingst nach Herzenslust dein Seinsgewissen, deine Gottes-würde und dein eminentes Wohl.

6.15

Das Unbedingte kann nur unbedingt regieren und das All zu seinen Füssen zum Erfolg, zur Fabelhaftigkeit und Seinsgewissheit führen. Manch einer denkt, er sei geschniegelt und gerissen und vergisst dabei, dass seine Tage abgezählt und vor Mich hingeschmissen sind, derweil den Meinen strahlende Unendlichkeit beschieden.

Mein Touch vergibt vollendetes und sakrosanktes Equilibrium an alle, die ihm fühlig werden in der Seele heildurchflutetem Revier. Ist sie gehörig und gehorsam Meinem Wort geworden, trag Ich sie auf Flügeln himmlischer Gerechtigkeit hinan, wo ihr das Ewige entgegenleuchtet und die Lebensdinge sich im Raunen der Unendlichkeit bewegen.

Bin Ich, so bist auch du aus dem erklärten Willen allen Seins geboren und von ihm zum Seligsein in eigener Regie aufs Zärtlichste berufen. Du bist nicht das, als was du dir erscheinen magst, in deinen wuchernden Illusionen. Dein wahres, waches, überwältigendes Ich jedoch ist von der Glorie Gottes feierlich und frohgemut im Schicksalslauf durchzogen.

Mehr als wahlverwandt und fabulös von Mir geschmiedet bist du, weil es ohne Meine Klugheit, Weisheit, Wissenschaft und Auserlesenheit nichts gibt, was rechtens da ist in der Kunst des Allgemeinen. Das Ich Bin ist demnach überall vertreten, wo gelebt, gedacht, gestritten und gelitten, ausgerufen und geliebt wird in des Universums Stellenwert und Stil. Mach es dir zur Pflicht, Unendlichem den Vorzug und die Richtigkeit zu geben in der Erlesenheit des Väterlich- wie des All-Mütterlichen, die dir eigen. Sie befreit dich von jedwelchen Nöten in der Lebensdiktatur und zeigt dir deine respektable Gründlichkeit und Grazie in der Beschauung deiner Güter.

Was du dir immer Bist, ist Meines Seinsbedenkens Schluss und Ideal. Was dich erscheinen lässt, ist Mir ins liebevolle Herz geschrieben und begleitet dich durch ganze Göttergenerationen. Wozu denn Zagen, wenn die Kraft des Allerhöchsten dich beseelt und wenn die Wohlgefälligkeit des Himmels deine Wiege ist und dein intenses Wohlgeraten.

Erlabe dich am Sein und am Gewinn des Absoluten, das du Bist und dem das Gründliche, wie auch das Geisterfüllte zugefallen ist in unbedingter Prozedur. Achtung vor dir selbst sollst du gewinnen im Immensen, das dir innewohnt von Mir und sollst zugleich dich selbst im Sein begrüssen, als beseligt und bewusst, begehrenswert und makellos ins All befreit in göttlichem Gesunden.

6.16
Bist du tapfer, kann Ich dich mit dem verbinden, was geziemend vorwärtsdrängt, um so sich selbst zu finden. Mach es wie der herrschende Husar, verliebe dich in die Gewohnheit, jeden noch so stillen Winkel auszumachen, um lang verborgne Schätze aufzustöbern, die dir nützlich sind in deinem unermüdlich wachgehaltnen Streben.

Willst du was erfinden, finde Ich mit dir den Dreh, es richtig darzustellen und gehörig, flink, erspriesslich und gewandt zu machen. Trägst du dich ins Buch der Überwinder ein, so wirst du durch Mich stark und tüchtig in der Kunst, Bedeutendes zu leisten auf der vorgesetzten Lebensfahrt.

Nimm hin aus Meiner Hand den fälligen Tribut für deine Siegestaten und vernimm das Wort: Du bist Mein Held und Herold der Gerechtigkeit im Sein und Leben. Öffne deine Schalen, so wie Ich dir Meine ständig offenlege, und verschenke, was du Bist in

Mir und Meinem Ambiente der Beständigkeit und der bewundernswerten Gesten wahrer Menschenliebe im Allhier.

Trete vollumfänglich und gekonnt an Meine Stelle im Bewusstsein deiner Traulichkeit mit Mir und begehre nichts, als Mich zu sein, in jeder deiner genialen Aktionen.

Nun weisst du, was sich für dich stets gehört, um Meine Weisheit und Geschliffenheit gehörig zu verbreiten und dabei Gottseligkeit und Würde, Wachheit, wie die Wissenschaft des Seins für immer zu erlangen. Das ist dann die Erfüllung deiner innigsten Berufung an die Stelle göttlicher Gewähr im Raumgewinnen in der Freiheit, Vollbewusstheit und vollendeten Geborgenheit in Mir.

Was Mich betrifft, so Bin Ich nichts und alles auf derselben Stufe der Bedeutsamkeit im Leben. Windest du dich fromm und forsch, geziemend und gekonnt zu Mir hinan, komme Ich dir unbedingt und wohlgesinnt entgegen und verrichte in dir und aus dir heraus das Meisterwerk, das sich vor aller Augen zeigen darf und das Begeisterung gebiert im Reich der Sinne, wie in dem der Geistheroen, ausgezeichnet, lichterfüllt, vollkommen, majestätisch und erhaben.

6.17
Mon Dieu, wie reich und rührig, renommiert und talentiert, resolut und richtig hebt sich doch Mein Weltenreich hinan zu immer höherer Bewusstheit, Virtuosität und seinsvollendetem Gestalten. Gestützt, auf was Ich Bin, vermehre Ich gekonnt und kundig Meinen Reichtum und Mein Renommee in allen Sparten des geschickten Operierens und

Riskierens im genialen Forschertum, dem Ich seit Äonen fröne.

Rar und rosenhübsch, bewundernswert und reizend sind die ungezählten Aktionen, die Ich hoch begeistert pflege. In Meiner Seinsgerissenheit und All-Macht melde Ich Mich stets als Herrscher an, wo immer Ich erscheine, und lasse Meine Kräfte spielend, magistral, weltmännisch und verbindlich ins Gedeihen fliessen.

Nicht umsonst heisst es, Mein Reich sei das der geistigen Potenz und der glückseligen Sequenzen, die Ich Mir liebend gern und wohlgemut vor Augen halte. Magst du es halten, wie du immer willst, Ich Bin dir weit voraus im denkerischen Vollblut, wie im allerzärtlichsten Regal des Fühlens, das Mir eigen.

Ich begreife bis ins letzte Detail, was du dir geworden bist im generationenlangen Umverteilen deiner Güter, derweil du Mich mitnichten noch verstehst, weil Ich in Dimensionen operiere, die Unendliches bedingen und das Unermessliche, wie nichts, verwenden im trojanischen Kalkül.

Wenn du was vorhast, ist es höchst empfehlenswert, dich ungeniert an Mich zu wenden. Denn sieh, in Meinem Milieu bist du sogleich gesichert und gehörig aufgehoben in den Clan der Benedeiten, denen keines Mangels Tücke, noch des Fehltritts Abergründigkeit beschert ist, in der Kunst des steten Reüssierens auf der Götterspur. Bedenkenlos von Mir gefördert, bist du dir das Nonplusultra der verständnisvollen Seelen, die da sind und sind schon immer so gewesen, als in Meiner hemisphären Wirklichkeit und Auserlesenheit allhier. Bist du Mir verbunden, so Bin Ich es mit dir noch viel intimer, als du dir je denken kannst, indem Ich dich Bin in der Morgenröte des all-einigen Befindens, das Mein Ich in einem grandiosen Ansatz propagiert. Mach dir diese

Zuversicht zunutze, indem du deine Wachheit, wie dein Selbstgefühl in des Seinserkennens Blüte auf die Spitze treibst in unerhörtem Reüssieren.

Was kann dich unbedingter und natürlicher zur Seinsglückseligkeit und Geisterfülltheit stilisieren, als der Umstand, dass du Meiner Laute Saite bist am Instrument, das uns gemeinsam ist im makellosen Musizieren.

All so ist völlig unbescholten und manierlich, was wir immer tun und was von uns ins All der Dinge ist geschrieben. Einig ist im Weltall unser Walten und wesenhaft, was im Bewusstsein zu den Sternen reicht im hehren Unvermittelbaren.

Pointiert bemerke Ich wie viele Menschenbürger, ohne es zu wissen, hart an einem Abgrund ihres Lebens fürbass gehn. Sie unternehmen alles, um sich noch zerstreuter, unbefriedigter und kläglicher zu machen in der Kleinkariertheit ihres Ich-Gefühls. Dabei sind auch sie verehrungswürdige Gesandte Meines Strahls und sind dazu berufen, grosszügig, edeldenkend, majestätisch und vollkommen selbstbewusst die Arbeit zu verrichten, die ihnen von Mir aufgetragen.

Da gibt es noch Bedeutendes zu tun, um ihres Wesens Starrheit, Ich-Bezogenheit und Malaise aufzuschliessen, dass Meines Segens Wohllaut und Gefälligkeit, Standarte und Liebkosung sie erreichen kann in ihren selbstgewählten Abgeschiedenheiten. Sie laufen hochbrisant gewordene Gefahr, vom Baum des Lebens, wie verdorrte Äste, abzufallen, der Blamage und Verachtung vieler preisgegeben.

Wie Ich wirke, sollst auch du gefälligst dich zu wirken unterstehn und sollst im Strom der Evolution dein Bestes für die wunderbar gediegene Entfaltung deines Wesens geben, das Ich Bin und dem Ich Meine Fülle von Talenten, Köstlichkeiten, Qualitäten und Befugnissen erteilt und mit auf die Parade grossen Stils befohlen habe.

Hast du's nun, so bist du auch dazu verpflichtet Meines Namens Wucht und Wahrheit hochzuhalten und den Lebenslauf voll Nerv und Zuversicht, Vertrauen und Geschmeidigkeit in Mir und Meiner Grazie zu vollenden. Es scheitert keiner der da will, von Mir gesegnet und getragen, Gewaltiges erreichen, denn seiner Absicht strömen Meine geistgeführten Gotteskräfte zu und lassen seine Werke von Bewegtheit, Genialität und Lebensfrische glühn.

Das ist es haargenau, was dir von Mir in deinem wahren Sein beschieden. Begegnungen der feinen Art von Meinem Sinn und Zielen sollen dich befruchten und dir Meines unveräusserlichen Daseins Zeichen sein von einer Würde, Tragkraft, Wachheit und Entschiedenheit, die ihresgleichen suchen. Das alles macht dein Leben ungemein erspriesslich, tatenfroh und süss, wenn du nur einsiehst, wie dezent und resolut Ich hinter deinen Aktionen steh. Ich Bin für dich, genauso wie du unbedingt für Mich bist und für Meine weltenschaffenden Intensionen. Warm und willig, wanderlustig und bewundert wirst du sein, sowie du Meinen Duktus und Befehl begriffen hast im Leben.

Dann wird helle Freude deine Wangen zieren und ein Loblied Mir zu ehren wird beständig über deine Lippen gehn. Deine Tage sind ein Fest der Lieblichkeit am Sein, in das du einverwoben, wie der Sanftmut am Gedeihen, dem du dich ergibst in Freundlichkeit, Holdseligkeit und seinswahrhaftigem Gefühl.

7
Sagenhaftigkeit der Geisteshöhn

7.1

Berufen, aber nicht erwählt sind die, die keinen Zugang zur All-Weisheit Meiner Züge haben. Dich aber will Ich lehren, wie man Meiner Wege fündig und gewiss wird in dem Lebenslabyrinth, in welchem sich so viele hoffnungslos verloren haben.

Es braucht den Mut zur Hoffnung auf den Freudentag inmitten einer Nacht von unerfüllten Träumen, von Behinderungen, Leid und Weh. Da grüss Ich dich von Zion her und offenbare dir ein schwebendes Geheimnis, dass dein Wesen Meinem innig, inniglich verwandt ist in der Pracht und Sagenhaftigkeit der Geisteshöhn.

Blickst du um dich, erfährst du aller Wahrheit Wunder in des Universums von Mir projektiertem Stil, das in dir und deinen Funktionen das präzise Abbild findet folgenschwer. Willst du demnach des Universums Bauprinzip und Machart finden, schau in dich und erkenne, was dich dem Unendlichen verbindet lichterloh, unendlich gottgediegen.

Eins ist alles, ein bedeutungsvolles Seinsgewissen, das hinüber- und herüberflutet generationenlang. Weltvergangenheit darfst du im Jenseits aller Dinge von dir selbst erfahren und im Diesseits Weltenzukunft grandiosen Stils.

Nun sag, ob das nicht götterlichte Heiterkeit erzeugt im Überwinden aller Schwere des Gewissens, wie im Aufstieg ins beseelte Wunder der Gottseligkeit und Einigkeit mit ihm.

7.2

Gebewillig Mich verströmend steh Ich auf Platz eins der heilverkündenden Propheten mit dem einen Ziel, das Gute gut zu machen, das Ich einst verbindlich und vertrauensvoll begann. Ich schätze alles ein nach Tauglichkeit, Verdienst, geschmeidigem Verhalten und Behutsamkeit im Vorgehn, bis Ich dann entscheide, welcher Hilfe das Begonnene bedarf, um endlich zur Vollendung zu gelangen. Keine Mühe scheue Ich im Trachten nach gerechtem Ausgleich und gewissenhaft geordnetem Verteilen Meiner Güter. Denn es geht Mir darum, ungesäumt das Meine zu den Meinen hinzulenken in der grandios geword'nen Prozedur.

Was köstlich ist in Meinem Reich, lass Ich als köstlich auch bestehn und trachte nur danach, bei Unmut und Zerfahrenheit den Frieden wieder herzustellen, der so nötig ist für ein gedeihliches und musterhaftes Operieren.

Was sagst du nun dazu, wenn Ich dir offenbare, dass Ich dich vor Urzeit schon bewusst und brüderlich, vertrauensvoll und gütig in Mein Boot genommen, um mit dir gemeinsam das Gebilde der Allherrlichkeit gebührend zu gestalten und kein Iota auszulassen, das dem Ganzen Schneid und Trefflichkeit, Brisanz und Wohlgefälligkeit verleihen kann. Magst du oder magst du nicht, es ist Mein Wille, dich für alles zu begeistern, was da ist und der Beförderung und schliesslich der Erlösung harrt ins grosse Einen. Nur Liebenswürdigkeit, Beseligung und seinspoetisches Geflüster kennt es in der Übereinkunft überall mit allen so Gesegneten und Auserwählten für das Fest des ewigen Entzückens an der Stimmung, die da herrscht in der umfassend dargestellten, himmlischen Mixtur. Bist du darin ein winzig Teilchen nur, kannst du dich dennoch als das Ganze sehn im Überschwang der Weiten, die deinem Seinsbewusstsein offen sind und zugestanden, als von Mir und Meiner Seinsgeselligkeit im Blauen. Überall ist Reichtum, Richtigkeit und Ruh im Reich Elysiens, in das du selig eingeboren, wenn du erkannt hast, was du Bist und wessen du bedarfst, um seinsbeglückt, salut, begeistert und vollends in Geistige gehisst zu werden, wohlbestallt und voller Grazie in Mir.

7.3
Klassisches Design vermag noch immer viele zu betören, die von auserlesnen Formen und Schattierungen, Farben und Verschnörkelungen was verstehn. Gerades, Simples und Robustes ist nicht aller Weisheit Schluss, denn der vorwärtsdrängende Elan will auch komplexe Vielfalt schaffen im Bestreben, faszinierend und verspielt zu wirken.
Was du immer willst, sei ehrlich, trete sauber und bescheiden auf und verlange nicht von allen, dass sie dich auf Anhieb recht verstehn. So auch Meine kräftigen Intensionen werden kaum genug verstanden vorab von der Masse derer, die weder denken, noch gebürend kombinieren können im allmenschlichen Gewühl.
Willst du weiterkommen punkto Sicherheit im Auftritt, wie Gelassenheit im weltenmännischen Gehaben, trag dich Mir mit sanftem Bitten an und Ich will dich stärken und belehren und dir selbst Mein bestgehütetes Geheimnis offenbaren: dass Ich Bin und dass du Bist ein Objekt des Seins und seiner virtuosen Äusserungen allesamt in Mir.
Das macht reich und reizend, resolut und froh und teilt dich unvermittelt einem Ganzen zu, das in lebendigem Sich-selbst-Gewahren Allheit ist in wunderbar gesättigtem, erhabenem, glückseligem und makellosem Stil.

7.4
Mächtig, prächtig und verständig Bin Ich an den Völkerscharen, die Ich Mir erschuf. Absolute Güte

ist vonnöten, um Mich allen zuzuwenden, die da sind und ihren Stil und Standpunkt, ihre Sonderheit und ihr Lamento pflegen.

Was alles willst du dir bedeuten, will Ich mit Bedacht und Vorsatz wissen, um dich aufzuschrecken aus dem Traum von gestern, wie der Träumerei vom nächsten Schmaus, den du dir vorgeladen. Dies alles hindert dich daran im Jetzt zu leben und des reinen Seiens Wohllaut und Manier gewärtig und bedacht zu sein in gotteswürdigem Betragen.

Bist du einer von den ungemein Flexiblen und Verehrungswürdigen, die das innewohnende Prinzip erfasst und zum Dekret für ihr Aktiv- und Wendigsein erhoben haben? Das ist dann schon die allerfeinste Art, um zielbewusst voranzukommen im besagten Menschentum und nichts zu wollen, was nicht Meiner gütestrahlenden Doktrin und Edelmütigkeit entspricht im Glanz und in der Glorie Meines götterlichten Strahlens.

Wende dich Mir zu und Ich gelobe dir in aller Form und mit den allerbesten Konsequenzen, Meiner Treue Takt und Serenade, Vollblut und Gewebe einzuhalten über dir und unter dir, nebenbei und mitten durch dein Sein in grandiosen Meisterzügen.

Andacht vor dir selbst soll dich beschleichen, wenn du dir klar machst, was die Liebe eines Gottes bringen und bewirken soll in guten, wie in miserablen Tagen. Sie ist fürwahr dein Heils Befinden und Relikt zu aller Zeit im ewigen Jetzt, dem du dich neuerdings mit Haut und Haar verschrieben. Wandelst du auf Meinem Pfad, sind dir Erfolg und Freimut des Gestaltens sicher, als von Mir gegeben und geführt, gesegnet und gehörig mitempfunden.

7.5

Manchen Irrtum musst du still ertragen, bis dein Geisteslicht gestählt und hell genug ist, um das Seinswahrhaftige voll Freude auszuspähen im berühmten Nirgendwo, von dem die einen sagen, es sei blau, die andern gelb und rot und heiss und kalt genau nach ihrem Seinsbefinden und Erklärungsnotstand offenbar.

Da lächle Ich und weiss, es gibt für Mich mitnichten etwas zu erklären, weil Ich in Mir Bin und ohne den geringsten Zweifel an Mir selber, unverschämt gerissen allweit operiere. Ungestützt und ewig lebensfroh sind Meines Geistes Flügel, die Mich überall hin, wo Ich immer will, geduldig tragen. Ich trete auf als Manifest der Wohlbekömmlichkeit und Sitte in den besten Kreisen unerhörter Huld den Seinsverklärten gegenüber, die in bester Absicht und Bewusstheit, Rührigkeit und Grazie Gemeinschaft miteinander pflegen.

Mir macht niemand etwas vor, weil Meine Gründe allertiefst und ganz zuoberst weit und breit und sanft und seelenvoll verborgen liegen. Trittst du in Mein Reich, stellt sich sogleich Befriedigung, Befreiung und Begeisterung am Sein und Sichten ein an dem, was allerhöchste Qualität und Quirligkeit, Erhabenheit und Ruh bedeutet im weit offenen Allhier.

Bescheiden Bin Ich eben nicht mit diesem schnittigen Bescheid, doch kannst du darauf zählen, dass Ich das Wahrhaftige und Würdevolle, Überragende und Seinsbeglückende auf Meiner Seite etabliert und hochgezüchtet habe. Gerade du wirst Meinen Antrieb und Mein Seinsszenarium zuinnerst spüren und erfahren, welche Fülle in dem Einen, Einzigartigen und Liebevollen liegt, das als die Weltensache, Weltensüsse, Redlichkeit und Richtung aller Wesen Ziel und Zukunft ist im Freimut und Idyll des Wunderbaren.

7.6

Ewig wach, zu Meinem Heile, Bin Ich, derweil du dem Schlaf verfällst, um die Lebenskräfte aufzufrischen, wie um den herzinnigen Kontakt mit Meiner Geisteswelt herzinniglich zu pflegen. Was verödet, stirbt und was des Nektars reiner Seinserkenntnis fündig wird, besitzt das Leben in der Fülle, Formkraft, Seriosität und Heiterkeit Elysiens. Hier stehen dir Gelehrte höheren Grades zu Gevatter, die du kennen und benennen wirst auf du und du im seinsvernünftigen Agieren. Nicht deine Werte, sondern ihre, werden auf der Waage liegen, die sich bedächtig Mir entgegen neigt deiner seinsbeseligenden Rettung zu.

Wie viel Gewandtheit, Lebenstüchtigkeit und Spannkraft sind doch alleweil vonnöten, deinerseits wie Meiner Seite zugeschlagen, um vor aller Welt zu reüssieren und den Vogel abzuschiessen in des Wettbewerbs Bewähren.

Forsche du in deiner Vaterstadt nach Mitteln, die dich fähig machen, ganz dir selbst und damit Mir aufs Trefflichste und Tunlichste, Erkenntniskräftigste und Liebevollste zu gehören. Mein Sein ist nicht von dieser Welt, will Ich dir sagen, jedoch ganz mit ihr verbunden bis hinauf zur Lauterkeit der Sterne im Allhier. Hast du dies herzinniglich begriffen, greift dein Sein unwiderstehlich in das Meine ein und räkelt sich und häkelt sich damit der siebenseligen Unendlichkeit entgegen.

7.7

Kompakt und klaglos sind die Hüter Meiner Angelegenheiten mit dem Seinssystem vermählt, das Ich Mir in Äonenstrenge eingerichtet habe. Wegen dieser Konstellation hause Ich behäbig und entzückt in Meinem Reich der hunderttausend

Möglichkeiten und gestatte Mir, Mich einer nach der andern zu bedienen, um dem Tatendrang in Mir gehörigen Tribut zu zollen.

Ein geistig Abenteuer ohnegleichen ist seit Urzeit im Begriff, sich zu entladen in den aberwilligen Kanälen und Kanülen Meines super imposanten Wesens, dem nichts gleich kommt im begeisternden Allhier.

Vom Seinsrudimentären bis zum Abernervigen, vollkommen Ausgereiften, sind Mir alle Variationen des Gehabens eigen, die sich nur einer denken kann, der füllig ist von Phantasie und Spannkraft, merkantiler Selbstverständlichkeit im Bieten und Verbieten, Generieren und Verwandlung inszenieren von unendlicher Subtilität und sagenhafter Sinnkraft im gedeihlichen Verkehr.

Mutmassungen sind Mir fern, weil in Mir alles Klarheit, Klarsicht, Klugheit, Köstlichkeit und Lichtheit atmet, was Ich immer unternehme im bedeutenden Respekt, den Ich vor Meiner glamourosen Genialität für Mich gewonnen habe. Weder auf und ab, noch hin und her schwankt Mein Gedankenstossen, derweil Ich wache über sie feinfühliger, als der erregte Spürsinn einer Koppel Hunde im durchstreiften Jagdrevier.

Nur Ich kann Mir erlauben Meine Taten meisterlich zu nennen, denn niemals haftet ihnen Dilettantisches, Verschrobenes, Willkürliches noch Rustikales an in Meinem Zauberkabinett von Universengrösse, bar jedem duckmäuserischen Umgang mit den Preziosen, die Ich Mir erschuf. Mustergültig und erhaben über jeden Zweifel Bin Ich Mir schon immer in der Tat gewesen, eh noch etwas ward und eh die Kassen klimperten ob dem Gewinn der ränkesüchtigen Posturen, die sich Meiner Art zu sein entartet haben. Durch die Zähne zische Ich Verachtung über sie und lasse ihre Widerwärtigkeit auf Nimmerwiedersehn in abgrundstiefe Schlünde fallen Meiner Willkür im Entsorgen.

Selber aber Bin Ich jederzeit wohlauf im sichtlichen Genuss am Planen und Mir neu erfundene Bereiche einverleiben, deren Charme noch niemand auch nur ahnte in der Masse und Willfährigkeit der Geister, die Mich wohlgemut umfloren.

Ich bewahre Haltung, wenn die Dinge barer Unvernunft sich jählings überschlagen und beschwichtige das stürmisch und riskant Gewordene mit weiser Hand und sammetsanftem Seinsgewissen ohne jede Spur von Unmut im empfindlichen Gemüte.

Ewig heiter, friedevoll und phantasierend pflege Ich Mein Mich-Verwundern an Mir selbst und lasse selbstgefällig und salut in Meinen Gärten Freudenröslein spriessen. Froh und frisch und immergrün verweile Ich im ewig Guten Meiner königlichen Seinsgewähr und wimme Auserlesenheit der sprossenden Gedanken und Gefühle, mit Mir selbst in wundervoller Harmonie.

7.8
Wer immer weiss, was ihm einst blüht, wird mit Begeisterung und Minne werken an dem sehnsuchtsvollen Zug zur Freiheit in den Geistessphären. Nicht du ziehst letztlich an den Riemen der Gerechtigkeit am Leben, sondern Ich, der Ich dich Bin, mit allen deinen wundervollen Funktionen. Gerade diesen Punkt sollst du dir unauslöschlich hinterm Ohr vermerken, damit du nie vergissest, wem du höchste Achtung schuldig bist und Sensibilität in deinem staunenswerten Ringen.

Nie wird es dir gelingen Mich zu hintergehn, denn deines Ätherleibes Farbenspiel verrät Mir die

Gesinnung und Gesittung, die du in dir trägst in deiner Daseinsstrategie. Das macht, dass Ich dir ferner oder nah erscheine in den Wirren oder Wohlgefälligkeiten deiner Zeit.

Ich liebe es, konstant zu sein im unerhört geschmeidigen, ereignisvollen und gewandten Lebensstrom, den Ich beständig vor Mir her bis ins Unendliche treibe. Dir bleibt nichts anderes zu tun, als kräftig mitzuschwingen in der gottbegnadeten Virilität, in die du gütlich eingelassen.

Was immer für dich kommt, wird auch vergluten. Denn alles Kommen ist in Mir ein illusorisches Geplänkel, dem du unterworfen bist solange, bis du Mich erkannt hast in des wahren Seins unübertrefflich wirkungsvoller, seligmachender und liebenswerter Attitüde.

Was dir wie ein Märchen in die Ohren klingt, ist bei Mir längst Geschehnis und Wahrhaftigkeit geworden. Stimmt dein Sinnen, Trachten und Gewinnen gänzlich mit Mir überein, verstehst du auch, was Ich mit unveräusserlichem Einig- und Vermähltsein meine. Nichts gibt es ausser Mir und niemand soll Mir Unbeteiligtheit und Rückzug in die Schuhe schieben. So geschieht, was immer sich ereignet unter Meinem Schutz und in des Gottes seelenvoll gestalteter Ägide wahrer Tüchtigkeit und Tatenfreudigkeit im Leben. Merkst du dir, was unter dieser Flagge alles eingebürgert, manifest und festlich ausgetragen wird, wird es auch dir aufs Innigste gefallen, unter ihrem Hauch und Wohllaut sicher und geschmeidig zu marschieren. Alle deine Tage, Taten und Gebärden sind von Mir gezählt, verworfen oder gutgeheissen und sind dazu angetan dich in die Tiefen Meines Reichs und Reichtums einzuführen. Weil du Bist, ist dir in Mir Behutsamkeit, Glückseligkeit und Sternenwohl beschieden. Weil du wirkst, wirkst du in Meinem

Sinn und alles von dir wird unweigerlich auf Mich und Mein Gemüte übertragen.

Selig, wer sich Meiner Kunst zu sein versieht und damit ewig heiter ist im friedevollen Das-Elysium-Erleben.

7.9
Zu Grossem taugt, was Ich Mir Bin und wessen Ich Mich hinterfrage. Ausbund Meiner selbst, besorge Ich Mir alles, was Mir und den Meinen frommt, in kunterbunten Tagen und weihe immerzu dem Sein, was andere entweiht und missgestaltet haben.

Konzentriert und massengläubig trete Ich zu Meinem Handwerk an der Regelung und Wohlbestallung von Myriaden Dingen und Gestaltungen, die Ich Mir vorgesetzt und ausbedungen habe. Meiner Redlichkeit gemäss betrachte und behüte Ich das All mit allem, was da ist, als Mein gehörig Eigentum, mit dem Ich schalte, walte und gestalte, was Ich immer will in der Gesamtheit und Gelöstheit Meiner göttlichen Intensionen.

Legst du dir dies Bild vors Angesicht, musst du mit Freimut und Bewunderung gestehn, dass ihm nichts gleicht an Witz und Wagemut, Verständnis und Galanterie in jeder Weise des Sich-selbst-Spazieren-Führens.

Du Bist und bist zugleich in Meinen Masterplan gebettet von unübertroffner Wendigkeit und perlenglänzendem Genie, sofern du Mir und Meinem Willen anhängst. Es steht dir bestens an, in Meine Ränge eingereiht und eingefügt zu sein, um mit Mir für das Recht, wie für das Rechte messerscharf zu kämpfen und um zu erreichen, dass man den Seinsgesetzen Achtung zollt und ihrem Charme und Schicksal blankgescheuerte Bewunderung entgegenbringt zu allen Zeiten.

Lass es dir gesagt sein, dass Mein Budget haushoch alles übersteigt, was je beschlossen, durchgezwängt und durchgewunken worden ist in allen Regionen wachen Seins und Sinnens unter Mir. Kein Schuldenkonto hat sich jemals über Mich und Meine Tätigkeit geschoben, keine Quelle ist Mir je versiegt, aus der Mir Kraft und Konsequenz, Brisanz und strahlende Bewusstheit zugeflossen sind in wunderbar gesättigten und folgenschweren Tagen.

Was Ich Mir Bin, schwappt unablässig auf die glühenden Verehrer dessen, was Ich leiste über und befähigt sie, dasselbe auch zu tun in ihrem Meistergarten. Es sind die Zauberer des Kults von Meinen Gnaden, die Mich allerhöchst entzücken und Mir Pate stehn selbst bei den diffizilsten und gewagtesten, erhabensten und drallsten Operationen.

Geruhe du dich selbst zu führen unter Meinem weltumspannenden Befehl. Tiefinnige Befriedung liegt an deinem Wege, allsogleich wie er an Meinen angekoppelt ist, denn letztlich musst und wirst du zu Mir kommen auf der langedehnten Reise durch Unendlichkeiten. Glück im Glücke wirst du finden, Seligkeit im Seligen und eben auch dich selbst, verwundert und verwandt, berufen und erwählt ins wirkliche und hochgefeierte Allhier.

7.10
Zwischen Siegen und Raufen ein Moment der absoluten Stille, indem du Bist, um dann erneut in den erbarmungslos verwirrenden Tumult der Welt zu tauchen. Dann stürzt sich Deine Seele, eben noch mit Pracht und Herrlichkeit behangen, in die

graue Masse und verschwindet rettungslos in ihrem Rauschen und Radau von himmelschreiender Manier.

Was Ich dir gewähren würde, wenn du länger schweigen könntest, ist die allertiefst empfundene Erkenntnis, dass du Bist des Seins allherrliches Gefüge, in und ausser dir. Das macht, dass alles glorios, gelöst und selbstbewusst einhergeht durch die Welten was du dir geworden bist, in sinngemässer Aufeinanderfolge fabelhafter Taten. Ernte nun, was du gesät, und füge Sieg zu Sieg im Unergründlichen, das Ich dir Bin im puren, glanzerfüllten Geistesweben.

Rette was du kannst, ist die Parole aller selbstgefälligen Gemüter. Rette alles, kommt von Mir und besagt, dass Ich auch alles Bin in der Gewissheit Meines Universenrauschens, Tauschens und Vibrierens in allgöttlichem Gehaben. Alles ist und bleibt in Mir ein wunderbar gesegnetes Kompendium von Güte, Seinsgelassenheit und Seelensicherheit im Blauen Meiner Weltentage, wie im ewig unveränderlichen, wonnevollen Selbstgefühl. Ewiger Gelassenheit anheimgegeben, weiss Ich Meine Lust zu zähmen, die da heisst: Veräusserung, Verwirrung, Ungeduld und sirrende Blamage. Was Ich im Wesen Meiner selbst repräsentiere, ist die Fülle aller Tugend, Jugend und Gefälligkeit am Sein. Ich finde Trost in ihm im Melancholischen, wie taubentänzerische Heiterkeit im Aufblühn Meiner Stärke göttlichen Geblüts in liebevoll gesittetem Erfahren.

Mich in Mir tragend ist die Melodie der Hoffnung auf die ewige Wiederkunft im Grünen der Bastei von eignen Gnaden, wie in der Gewissheit, dass Mein Sein in nie verebbender Holdseligkeit sich in sich selbst verschwebt, derweil es in der Nacht der Sinne augenfällig wird und licht und morgenschön.

7.11

Geradeaus ins Ewige geschaut, verlieren sich die Dinge deiner Erdnatur und zum Vorschein kommt, was du dir wirklich Bist, als Geisteswesen wunderbar geschaffen und geschniegelt, sinngerecht in Mir. Glaubst du dich zu kennen, kennst du nur den Schein, der aussen funkelt, innen aber pauvre ist und leer.

Gehst du jedoch einen Pakt mit Mir und Meiner Wahrheitsfülle ein, ist dir auf einmal alles klar und deine Zeitgenossen wundern sich darüber, wie gewandt und weise, wirkungsvoll und kompetent du das besprichst, was Mich betrifft und Mein allherrliches Gehaben. So treffen sich und reffen sich die Geister in unendlich geistvoll und gediegener Manier, um Wissensschätze auszutauschen und das Wohlgefühl am Sein zu stärken. Wunderbar gebenedeit und gross sind sie allein, weil Ich ihr Hochgebet und ihre Mitte Bin seit aller Zeit und in bedeutungsvoll geschliffenem Genügen.

Was Ich hier erkläre, klärt die Dinge Meines Seins und Wirkens gütlich auf und sät das Wohlgefallen überirdischer Potenz und Pracht, Holdseligkeit und Himmelszärtlichkeit unter die Meinen. So wird Gewahren und Gewissen ihr erheblich Teil und versetzt sie in die Lage, Mich zu sein mit allen siebenfältig dargestellten Funktionen. Was Ich Mir Bin, Bin Ich genauso wirkungsvoll und überwältigend in ihnen, lauter, wohlgestimmt und wohlgelungen, wie's die Meister sind in ihrem Weltensein und ihres Seiens Sicht und seelenvoller Harmonie.

7.12

Mitteilsam, unzimperlich und farbenprächtig schildre Ich, was Ich Mir Bin in allen Lagen und Besonderheiten Meines Daseins als Beherrscher der allweiten Lebensszene. Du kennst den Variationenreichtum Meines Vor-Mir-selbst-Erscheinens und verkennst ihn doch, solange wie du deines eignen Seins als Meines nicht gewahr wirst. Trösten magst du dich mit der Parole, dass das Gros der Erdenbürger seinen Urwert, als die Gottbegabung, bisher nicht erkannt hat in der Zwitterhaftigkeit und Hohlheit seiner Sphären.

Doch gerade dieser Mangel ist der Ursprung der Verständnislosigkeit, mit der sich ganze Völkerschaften eigensinnig und gereizt, tätlich und verbal, begegnen. Schade, dass zuvörderst so viel Unheil und Gewalt geschehen muss, bis sich die zahm gewordenen Gemüter auch nur um ein Weniges begriffen und einander angenähert haben.

Immer ist es Meine Tat und Trächtigkeit, die solchen Gleichsinn arrangiert und damit Frieden schafft, Bewunderung und Ausgewogenheit der Meinungen im viel erprobten, menschlichen Gefüge.

Lass es dir angelegen sein in deinem Schauen, selbst in jedem noch so unscheinbaren Weltenbürger Mich am Werk zu sehn und damit Meine All-Präsenz zu respektieren.

Aufgelöst, vergessen und verschmäht muss jeder Kordon, der sich um dein Herz gelegt hat, werden, damit Meine Liebeskräfte frei und freudig, feierlich und selig zu dir niederströmen können. Näherst du dich dieser Attitüde deines Seinserlebens, ist es dir vergönnt, Mein Antlitz in dir zu gewahren und damit deine eigne Grösse und Gewandtheit zu verstehn.

Ich Bin in dir, wie du in Mir, allen Seins Gevatter und Geruch, Aufwall und Ergeben. Mach es dir zur Pflicht, an diesem Sinnspruch alles aufzuhängen, was du glaubst, in deines Lebens Lust und Lotterie gestalten und befehligen zu müssen. Sei brav im Gottessinne und nimm damit teil an der Glückseligkeit der Sphären, ebenso wie am sublimen Takt Elysiens, in den du eingesponnen und für den du ewiglich gewonnen bist im Wunderbaren.

7.13
Im Bannkreis Meiner Seinsaffären bist auch du dazu berufen, deines Lebens Sinn zu hinterfragen und ihm damit die Möglichkeit des Sich-Veränderns zu eröffnen. Wachsamkeit tut Not und wach und wacher sollst du werden unter dem Gesetz der geistigen Mobilität und Frische in des Lebens Zauber, Zwist und Zitterspiel.
In weiterführender Voraussicht weiss Ich Meinem Einfluss fabelhafte Geltung zu verschaffen, womit die Fülle deines Könnens und Bestehns entfaltet wird zu sagenhaften Übergängen und Verwirklichungen in des Daseins Liebeslust und Stil. Es geht Mir darum dir, per se, zu zeigen, wie verbindlich, förderlich und graziös Ich deinem Dasein nicht nur gegenübersteh, sondern mit ihm völlig eins Bin in der Pracht und Güte Meiner Gaben. Du sollst dir schleunigst klar darüber werden, dass du nur Mein Werkzeug bist im unerbittlichen Vollbringen grandioser Taten. Dein Bedeuten misst sich an der Fähigkeit, dich ganz Mir hinzugeben, damit Ich Mich in dir verwirklichen und etablieren kann, als Gott von Gott und Licht vom Lichte in ereignisvoller und erschütternder Manier.
Bitte ständig um Erleuchtung Meinerseits, damit dein geistig Teil die Fülle Meiner Gegenwart

erfahre. Bist du schön, so will Ich dich im Nu bei weitem schöner machen. Bist du bodenständig, trachte Ich danach dein Hiersein mit sublimer Gottestüchtigkeit, Gedankenträchtigkeit und Lebensklugheit zu begaben, damit das Seinsvollenden deine Werke ziert im wunderbar gesetztem Equilibrium der Farben, Töne und Gewichtungen Allhier.

Mächtig, prächtig schwillt der Strom beglückender Ereignisse in deinem Lebensgarten, wenn du nur die Gnade hast, Mein Angebot zu akzeptieren und dich ganz bewusst in alle Weiten Meines Weltseins zu begeben. Nicht älter, sondern jünger, wirst du durch den Drall und Drill, die Ich an dich verschwende, um deine Hochgeburt ins Ewige markant und machtvoll zu beschleunigen.

Immer trägst du in dir die Gesetzlichkeit der kosmischen, wie der verweltlichten Gebärde, als von Mir ersonnen, ausgegeben und verherrlicht in der grandiosen Elegie des Seins, das Ich Mir Bin und das du Bist in völlig gleichgesinnten und bewundernswerten Meisterzügen. Höchst blamabel ist es für dich, dieses Reine, Feine, Überwältigende nimmer zu gewahren, derweil es offen vor dir liegt und dich von seinem Duktus, seiner Wohlfahrt, wie von seinem Wert zu überzeugen sucht.

Es ist die Einheit allen Seins und Lebens, die schlussends zum Zuge kommt in allen geistgesättigten, wie erdenfestgefahrnen Regionen. Alles, was gebunden war, löst sich ins Freisein auf und aller Not Gelispel findet sein Erfüllen und beseligendes Rauschen, Tauschen und dezentes Wonnesein in Mir.

7.14

Ausgesprochen delikat und anspruchsvoll ist die Fertigung der Teile für ein Ührchen, das einem edlen Damenhandgelenk zur Zierde und Gefälligkeit gereichen soll. Um wie vieles mehr muss sich Mein Geist in heller Akribie darum bemühn, auch nur ein Kinderseelchen auf den Lebensplan zu rufen, geschweige denn die ganze Hierarchie der Geister, die der Welt ihr Antlitz, ihre Rüstigkeit und ihren Charme verleihen.

Edelmütig, selbstlos und kulant zu sein, ist Meine Stärke in dem ausserordentlich vielschichtigen Betrieb, den Ich global und universenwirklich inszeniere. Mach es dir zur Pflicht, die grossen, grandiosen Seinszusammenhänge mitzudenken, die zu kreieren und befehligen Mein Metier und Meiner Andacht Inhalt sind im Sinnkreis der Äonen.

Dabei ist Mein Kerngeschäft und eigentliches Rühren darauf angelegt, allwie in aberlichten Atemzügen aus Mir selbst hinauszugehn und wieder zu Mir heimzufluten in bewundernswert beseligender Gottmanier. Resonanz von eignen Gnaden soll es sein, was Mich bewegt, den Weltplan auszuhecken und ins Grenzenlose abzustecken satt von Myriadenfältigen Intensionen. Das alles ist, was Ich Mein Geisteslicht und Meine Wahrheit nenne, völlig unbescholten, unerbittlich, ingeniös und radikal aufs Gute ausgerichtet. Ihm verdanke Ich den allerlieblichsten Erfolg im vor Mir versammelten unendlich diffizilen Weltgewühl.

Sei dir bewusst Mein liebenswerter Psalter und Kumpan, dass du ein winzig Element und Rädchen bist, unmissverständlich nötig in dem Aberorganismus, der Ich Bin und der du Bist im Wendekreis der Hoffnung auf ein wunderbar gediegenes und gottgefälliges Gedeihen.

7.15

Wo du in allem Ernst zu wissen, wer du Bist, behauptest, betrachte Ich dein Sein als ganz genau dasselbe, wie's das Meine ist, im unergründlichen Gefüge. Rekapituliere Ich, wie Mir dies Wunderbare zur gesicherten Erkenntnis ist geworden, so muss Ich sagen, dass sie Mir allmählich aufgedämmert ist in Meinem intensiven, täglichen Philosophieren über Welt und All, verhängnisvolle Drangsal und bedeutungsvolles Reüssieren.

Nun soll Mir einer kommen und "dies alles sei nicht wahr" verlauten lassen, so kann Ich ganz gelassen und bestimmt erwidern, für Mich selber sei es unbestritten und brauche nicht bewiesen oder anderswie erklärt zu werden.

Ein erbarmungsloser Kampf der Meinungen in dieser Sache ist seit eh und je im Gang gewesen. Doch für die wahrhaft Wissenden ist er bereits entschieden in dem Sinne, dass sie einfach sind und sich nicht weiter um die gängigen Traditionen kümmern.

Endlich zu sich selbst erhoben richten sie sich nach den ewigen Gesetzen Meiner Treu und Andacht, die wie Perlenglanz, in ihrer Innigkeit verborgen liegen. Es ist die Institution, die will und wirkt, Verbündete erkennt und sich mit ihnen unterhält in hochgebornen, friedevollen Tönen. Sie wandeln wahrhaftig droben im Lichte und fallen nicht nieder, wie Wasser, von Klippe zu Klippe ins Ungewisse hinab. All-Göttliches waltet in ihren Bereichen und heiter und weise sind sie. In wohlgemessnen Zirkeln schreiten sie, selig geworden, dem Götterherrlichen zu, das Ich ihnen Bin und das sie einstens sich selber zu sein vermögen.

O holde Geistesglut in ewiger Verbindlichkeit mit Mir und all den Meinen, die zur Seinsgewissheit und damit zum Sinn der Welt erwacht sind. Ich feiere mit ihnen, was sie sind, glückselig und gewinnend, geistreich und salut und was sie ewig in Mir bleiben.

7.16
Wer hat die Pforten aufgebrochen und ist eingetreten in das Königreich des Seins mit seinem Glanz und seiner Würde, seiner schwingenden Glückseligkeit und seinem grandiosen Laborieren? Ich, der Herrliche von Gottes Sein und Thronen, der Bewusste seiner Kraft und Sakrosankte seines könnerischen Seinselans. Mir sind die Hände längst dazu entbunden alles, was Ich immer will, zu tun im meisterlich geführten Unternehmen. Bald wirst auch du derselben Einsicht fähig und gewappnet sein in der makellosen Art, in der sich die Verständigen bewegen. Komm und sieh und siege, wo du auch immer Bist und dich behauptest in gottseliger Manier.
Im Kreis erhabener Gedanken wirst auch du gezielt und sicher fündig werden und zusammen mit den deinen Meine auch vertreten. Dann erfüllt sich die Verheissung, dass in allem eines nur am Werk ist voller Güte und Gelassenheit, markanter Inspiration und minnevoll gefiedertem Benehmen.

7.17
Wie reich, geschmeidig und entschieden muss es sein, bis du mit deinem denkenden Erkennen auch nur Meinen Saum berührst, zum Weltverhaftetsein Verführter? Ich Bin es nicht und Bin es doch im selben Mass, wie du Geschmack gefunden hast an alledem, was dich in einen unsichtbaren Kerker einschliesst in dir selbst und deinen selbstgefällig und lasziv getünchten Operationen. In

Okkult geartete Gefangenschaft bist du geraten, Menschenvolk hienieden, unwissend, torkelnd, sorgenschwer.

Ich aber Bin, dem stärksten Missbrauch trotzend, ohne jede Scharte ganz Mich selbst in götterherrlicher Bewusstheit und gehörig dargestelltem Freisein von jedwelcher Not und Tücke, Drangsal und bedauernswerter Demontage.

Wisse: Wer sich selbst erkennt, begreift die Perle allen Gegenwärtigseins im seinslebendigen Getriebe; das gilt für Mich, wie auch für alle regen Geister im Status der All-Einigkeit mit Mir. Du Bist und wirst es einmal doch erfahren unter Tränen der Gottseligkeit und Minne an dem grandiosen Weltenwerk in das du einbezogen. Klammheimlich wohne Ich in deiner allernächsten Näh und Bin dir, wie der Bräutigam der Braut, aufs Innigste verbunden. Ahnst du das Göttliche auch nur wie einen Hauch von Süsse, der kaum bemerkt an dir vorüberweht, so bist du schon auf weiser, leiser Fährte des Gerechtseins an der Welt, in der du lebst und liebst und dich verlierst.

Doch Ich Bin mehr denn je darauf erpicht, dich seinsgeschwisterlich in Mir zu finden, um den Teil der Mir entglitt, dem Ganzen wieder beizufügen, das Ich Bin in Schlichtheit, Lauterkeit und majestätischem Vollenden.

Wie rührend und beglückend, überwältigend und farbenprächtig muss es sein, wenn viele von den Meinen sich vom Wirrwarr ihrer Erdenzeit befreien und entschieden Meinem Reich und Regime angehören. Ja, auch du sollst Mein geliebter und gesegneter, beförderter und wissender Gefährte sein in all- erhobener Bewusstheit, wie in der Allüre wahren Seins in allen Geistesregionen. Ich Bin, darfst du dir ungeniert bedeuten und navigiere auf dem Ozean des Seins allwie ein allgebietender und würdevoller Kapitän dem Kap der guten Hoffnung lebensfroh entgegen. Manifest der Einigkeit mit Mir und Meinen Gütern Bin Ich hier und überall, wo Mein Bewusstsein sich begeistert und beseligt etabliert.

Halleluja, Heil und Hoch-Zeit darf Ich singen in gottseliger Manier und mit der Friedenstaube über Meinem Haupte. Wohlbewahrt im Reichtum, Richtmass und Befinden Meiner sakrosankten Züge, winde Ich Mich steil hinan zum immerwährenden Gesunden und zur Blüte der Holdseligkeit, Integrität und Liebeszärtlichkeit im Wunderbaren.

Ludwig Weibel, geboren 1933
Lebt in CH-9200 Gossau/St.Gallen
Studienabschluss als Fernmeldetechniker
Schriftstellerische Berufung zur
"Philosophie des Seins" für vife Geister.
Erstellt elegante Graphiken mit einem
Pendel-Apparat. (Siehe Buchumschlag)
Homepage: www.das-sein.ch